亦恕與珂雪

目錄

我踩著一地秋葉，走進咖啡館。

正想往靠牆的座位走去時，聽見有人說話。

「先生，可以請你抬起腳嗎？」

我停下腳步，循著聲音方向，看到一個女孩坐在落地窗邊。

她坐直身子，視線朝向我，午後的陽光將她的左臉著上一層淡淡的白。

『妳跟我說話嗎？』我用手指了指自己的鼻子。

「是的。」她說，「麻煩你。」

『哪一隻腳？』

「左腳。」

我雖然納悶，還是抬起左腳。

「不是這樣的，我想看鞋底。」她說。

我旋轉小腿，將鞋底朝向她，身體因此有些搖晃，我努力維持平衡。

她凝視我的鞋底，嘴裡輕咬著筆，陷入沉思。

我低頭看了看，發現有一片落葉黏在鞋底。

「好了。」她給了一個溫柔的笑，「謝謝你。」

我撕下落葉，放下左腳，說：『要還妳嗎？』

「不用。」她搖搖頭，「那不屬於我。」

我繼續往前走，在靠牆的座位坐下來，隨手將落葉擱在桌上。

老闆走過來，我接住他手中的 Menu，點了杯咖啡。

我拿起那片落葉,發現落葉背面沾著黃黃的東西。
除此之外,並沒有什麼特別的地方。
我不禁將臉略往左轉,偷偷注意那個女孩。
她正拿起筆,在一本簿子上塗塗抹抹,像是寫,又像是畫。
動作迅速俐落,絲毫不拖泥帶水。

這已經是我第八或第九次看到她。
有時我比她早到,會看到她直接走向靠落地窗的第二桌,
拿開桌上「已訂位」的牌子,將帶來的簿子擱在桌上,緩緩坐下。
然後身體前傾,臉再往左轉,看著窗外。

她的視線總是朝向窗外,連端起咖啡杯喝咖啡時,視線依然沒變。
一般人凝視某處久了,下巴應該會痠,所以會用手掌托著腮或支起下巴。
但她從沒有這些動作,我懷疑是她下巴的肌肉特別好。
或許這就是很多愛情小說中形容的男主角模樣——具有堅毅的下巴。
我以前怎麼也想不通下巴跟堅毅有關,沒想到終於可以百聞不如一見。

老闆將咖啡放在我面前,並看了我一眼。
我有些不好意思,趕緊從女孩身上移開視線。
打開公事包,拿出筆和一張白紙,放在桌上。
因為我沒有堅毅的下巴,所以我左手托著腮,右手手指頭轉動著筆,
構思該如何下筆。

3

突然「砰」的一聲，我撐在桌上的左手肘跟著一滑，下巴差點撞到桌子。
原來是那個女孩衝撞到我的桌角，使桌子順時針轉了 10 度左右，
而桌上的咖啡杯和湯匙也因碰撞而鏗鏗鏘鏘。
她卻只是轉頭看一眼，並沒有停下腳步，又迅速轉身離去。
拉開店門時，門把上掛著的三個小鈴鐺，緊張地搖晃，互相碰撞。
「噹噹」的聲音，不絕於耳。

我的視線跟在她身後，感覺她好像在草原上被獅子追逐的羚羊。
她停在亮著紅燈的斑馬線上，眼睛緊盯著馬路對面，顯得焦急而不安。
綠燈亮了以後，她衝到馬路對面，再往右跑了七八步。
然後迅速鑽進停在路旁的一輛紅色車子。
車子動了，她開走了。

我收回目光，回到咖啡館內。
現在只有我和老闆兩個人，但他並沒有因為好奇而停下手邊的動作。
甚至連桌子的「砰」、咖啡杯和湯匙的「鏗鏘」、鈴鐺的「噹噹」，
他都置若罔聞。
太冷靜了，非常適合當武俠小說中大俠的原型。

目光再回到桌上的白紙時，看到白紙左下方有一滴暈開的咖啡。
拿起筆，在咖啡滴外圍，連續畫了好幾圈同心圓。

圈愈畫愈大，使圖形看起來像是一個射箭的靶，靶心是咖啡。
再畫了幾枝箭，由右上方射過來。
為了強調箭勢來得又快又猛，在每枝箭的後面，用力畫了幾條線，
同時嘴裡也發出「咻咻」的配樂。

這是我畫圖時的壞習慣。
小時候上美術課時，老師曾說：
「厲害的畫家，畫風時，會讓人聽到呼呼的聲音；
　畫雨時，會讓人聽到嘩啦啦的聲音；
　而畫閃電時，會讓人不由自主地搗住耳朵。」

為了讓同學們稱讚我是厲害的畫家，又怕他們耳朵不好，聽不到我的畫，
於是我在畫畫時，嘴裡總會做些音效。
久而久之，就習慣了。
於是我畫狗時會汪汪，畫貓時會喵喵，畫鳥時會咕咕咕。
那時我天真地以為，我會成為一個很厲害的畫家。

直到有次老師叫我們畫「我的母親」時，
我的嘴裡很自然地喊出：『死囝仔！不讀書還看什麼電視！』
結果惹得全班哄堂大笑。
老師走下講台來到我身邊，看了我的畫一眼後，說：
「孩子，畫畫這東西是講天分的，不要太強求。」
我才知道，我不是當畫家的料。

扯遠了。

把視線拉離畫滿箭的白紙，移到旁邊的深色咖啡杯。

再移到深色的桌子、深色的椅子、坐在椅子上穿深色襯衫的我。

然後抬起頭，看著深色的吧台內正在煮咖啡的老闆。

我的思緒終於又回到這家咖啡館。

自從不想當畫家後，我就不太會分辨顏色。

只要比棕色髒一點、比紫色暗一點、比黑色淺一點，

對我而言，就叫深色。

我的個性是如果不能把一件事做到最好，那就乾脆擺爛。

但現在不是擺爛的時候。

我得想出一男一女的名字，來代表故事中的男女主角。

雖說名字只是方便稱呼而已，並不重要，重要的是故事本身；

但我還是希望能在故事開始前，給主角們適合的名字以表示尊重。

我的個性是如果不想把一件事擺爛，那就要做到最好。

所以，該叫什麼呢？

我抓了抓頭，又把視線回到白紙，咖啡滴已經乾掉了。

左前方突然傳來一陣細微卻清脆的「噹噹」聲。

我反射似地抬起頭，朝向聲音傳來的位置。

那個女孩推開店門，又走進來。

「嗨，真對不起。」她說。

我抬起頭看著她，一臉疑惑。

她站在我的桌旁，指了指略微歪掉的桌子，然後用雙手將它轉正。

『沒關係。』我說。

桌子又不是我的，妳如果撞壞桌子（或是妳的骨頭），也與我無關。

「咦？你也畫畫嗎？」她歪著頭，注視著桌上那張白紙。

『隨手塗鴉而已。』我有點不好意思。

她似乎很仔細研究這張「畫」，端詳了一會後，說：「我可以坐下嗎？」

『喔？』我楞了一下，『請坐。』

她坐了下來，在我斜對面的椅子，拿起白紙靠近眼前，然後就不動了。

「你一定不是學畫畫的。」

等了幾分鐘後，她終於開口說話，但眼睛沒離開白紙。

我感覺被小小嘲笑了一下，臉上一紅。

「這張圖幾乎沒有畫畫的感覺，只是由很多雜亂的線條組成而已。」

『喔。』我含糊地應一聲。

「而且也沒有半點繪畫技巧。」

是啊是啊，我又不懂畫畫。

「構圖很糟，完全沒有主題。」

是怎樣！不可以嗎？

「畫畫怎能這樣呢？」她搖搖頭，「唉，可惜了這張白紙。」

還沒說夠嗎？小姐。

我把公事包的拉鍊拉上，左手提起公事包，打算起身走人。

「你剛剛的思緒一定很亂。」她沒有察覺到我的動作，仍然看著白紙。

『嗯，我剛剛在想事情。』我有點佩服她的敏銳，便回答她。

「你一定還沒想出答案吧？」

『沒錯。妳怎麼知道？』

「因為這張圖雖然畫了很多枝箭，卻沒有一枝箭插在靶心上。」

她的眼睛終於離開白紙，看了我一眼。

我鬆開提著公事包的左手，也看了看她。

「你學的東西是科學吧？」她把白紙放在桌上，問我。

『我學的是工程，應該可以算是科學吧。』

「我果然沒猜錯。」

『為什麼這麼猜？』

「這些圓形的感覺不是畫，而是一種單純的幾何圖形。」她指著圖說：「還有這些菱形的箭頭也是。」

我順著她的手指，看了看那些圖形，沒什麼特別的感覺。

「你應該很習慣畫些三角形、方形、圓形之類的圖形。」她說，

「但是這些圖形並沒有表達出你的『感覺』，它們只是幫助你了解或思考
　東西時的工具而已。這好像是學科學的人常會有的習慣。」
　我再仔細看著白紙，覺得她說得好像有點道理。

「不過這些線條我不太懂。」她指著箭後面的線，又說：
「這些線條很有力道，是整張圖最有趣的地方。但是，代表什麼呢？」
『妳猜猜看啊。』我不好意思告訴她，那是「咻咻」的聲音。
「我猜不出來。只是好像可以聽到羽箭破空的聲音。」
『真的嗎？』我有點激動。
　老師，你騙我！我應該有天分成為畫家的。

「怎麼了？」她似乎很好奇。
『沒事。妳能聽到聲音真好。』
　雖然我不太相信她真能聽到咻咻的聲音，但我開始覺得這個女孩很可愛。
　我的個性是只要女孩子相信我，就會覺得她可愛。

「可以借我一張白紙嗎？」她笑了笑，「我想畫畫。」
　我立刻從公事包拿出一張紙給她。
　她起身到她的桌子上拿鉛筆，再回到我的斜對面坐著。
　然後她低下頭，很專心地畫圖，不再說話。
　我發覺當她開始專注時，她周遭的空氣便散發一種寧靜的味道。
　彷彿所有的聲音都睡著了。

咖啡館內變得很安靜，只聽見鉛筆磨擦白紙時，
發出細細碎碎的窸窸窣窣聲。
偶爾夾雜著她用手指或手掌暈開鉛筆線條的聲音。
於是我靜靜地看著她作畫，不想發出聲音以免干擾她。

「好了。」她放下筆，將白紙轉180度，輕輕推到我面前，「請指教。」
『不敢當。』我說，『我不懂畫。』
「畫是一種美，不是用來懂的，而是用來欣賞的。」她說。
我覺得這句話有點哲學味道，隱隱含著一層道理。
我的個性是只要覺得女孩子可愛，就會相信她的話有道理。

這張鉛筆畫的構圖很簡單。
左邊有一個正在行走的男子，沿路上有幾棵樹，三片落葉在空中飛舞。
男子的頭髮略顯凌亂，左腳下踩了片落葉。
天空畫了幾條弧線，還有用手暈開鉛筆線條的痕跡。
凝視一會後，我感到一絲涼意，那是剛剛走進這家咖啡館前，
在路上被秋風拂過臉龐的感覺。

「怎麼了？」她問。
『沒什麼。』我說，『感覺好像涼風吹過。』
「真的嗎？」她好像也有點激動。
『怎麼了？』這次輪到我好奇了。

「以前教我畫畫的老師曾說過……」她的聲音帶點興奮，
「厲害的畫家，畫風時，會讓人感覺一股被風吹過的涼意；
　畫雨時，會讓人覺得好像淋了雨，全身溼答答的；
　而畫閃電時，會讓人瞬間全身發麻，好像被電到一樣。」

啊？怎麼跟我老師說的不一樣？
我老師說的厲害畫家和她老師說的厲害畫家，哪一種比較厲害呢？
或者說，我的老師和她的老師，到底誰說得對？

「我可以聽到呼呼的聲音。」老闆突然出現在我們旁邊，說。
我和她同時轉過頭去，發現他也在看圖。
正想問他為什麼可以聽到風聲時，她卻先開口問：「7杯如何？」
「5杯。」老闆說。
「那就6杯吧。」她說。
「OK。」老闆點點頭，然後拿起那張圖，走回吧台。

我一時語塞。因為我不知道該問他或她？也不知道要問什麼問題？
她又將目光放在那張萬箭穿心圖，我頓時覺得很糗。
『這張是隨便畫的，見不得人。』我趕緊把圖收進公事包裡。
「圖畫有時跟親人或愛人一樣，即使再怎麼不起眼，總會讓某些人有特別
　的感覺。」

『嗯？』

「比方說，像你長這樣……」
『請問，』我打斷她的話，『"長這樣"是什麼意思？』
「這只是比喻而已。」她笑了笑，「也就是說，在別人眼中，你很平凡；
　　但你的親人或愛人看到你，就會比一般人多了很多特別的感覺。」
『喔。』我將萬箭穿心圖拿出，『所以妳是這張圖的親人？』
「可能吧。」她又笑了笑，「對我的畫而言，你也是親人呀。」

她笑聲未歇，瞥見桌上那片落葉，將它拿起後說：
「我剛剛正傷腦筋該如何畫葉子的一生呢。」
『葉子的一生？』
「葉子通常是讓風畫出生命中最後的軌跡，然後靜靜躺著等待腐爛。」
她說，「如果躺下的葉子又讓鞋底帶著走，它會有什麼感覺？」
『既然已經躺著等待腐爛，踩它一腳它應該沒感覺，也不會介意。』
「那我白畫了。」她笑了笑。

「你常來這裡嗎？」她又問我。
『兩、三天來一次吧，已經來了八、九次。我每次來都會看到妳。』
「是嗎？」她似乎正努力回想，過了一會搖搖頭，「我不記得看過你。」
『沒關係。在高速公路上奔馳的人，通常不會看到路旁的螞蟻。』我說。
「不是這樣的。」她笑了笑，「我只是不太會認人的臉。」

「對了，你以後還會常來這裡嗎？」她問。

『應該會吧。』

「怎麼回答得不乾脆呢？絲毫沒有學科學的人應該有的霸氣。」

『好。我會常來。』我問她：『那妳呢？會不會常來這裡？』

「應該會吧。」

『妳也回答得不乾脆喔。』

「我不需要霸氣呀。」她笑了笑，「我是學藝術的，請指教。」

她回到她的座位，收拾起簿子和畫筆，神情顯得極為輕鬆。

經過我身旁時，她說：「我先走了。」

我點點頭表示回應。

她要拉開店門走出去時，轉過頭朝我揮揮手說：

「Bye-Bye，學科學的人。」

門把上鈴鐺的噹噹聲快要停止時，我腦中突然靈光一閃。

她是學藝術的，我是學科學的。

藝術？科學？

我終於想到合適的名字了。

拿起筆，在我的萬箭穿心圖上再畫一枝箭，直接命中靶心。

迷糊

我決定故事中的男女主角，分別叫做亦恕與珂雪。
亦恕是學科學的；珂雪是學藝術的。

那麼他們第一次見面的地點和場景呢？
就選在剛剛那家咖啡館吧。
邂逅的時間是秋天午後，屋外有柔柔的風，路旁的樹偶爾灑下落葉。
在第三片落葉剛離開樹枝時，珂雪拿起畫筆，開始在咖啡館內作畫。
而亦恕則在第三片落葉落地的瞬間，踩著第三片落葉，走進咖啡館。
珂雪為了畫沾在亦恕鞋底的葉子，於是她們開始第一次交談。

就先到這裡吧，我也要回去了。
這是我三天來最大的進度，真該感謝那個學藝術的女孩。
結完帳後，我突然想起剛剛那個女孩沒有付帳！
我是否要提醒老闆這件事？畢竟喝咖啡要付錢乃是真理。
可是她給了我靈感，我算是欠了她人情，應該讓她省下咖啡錢。

我是學科學的人，當真理與人情發生衝突時，總是站在真理這一邊。
『她沒付錢。』我指著那個女孩離去的方向。
我的個性是非常直接，不喜歡顧左右而言他。
「你想幫她付錢嗎？」老闆的聲音既低沉又乾澀。
『今天的咖啡真好喝。』
我的個性是如果不想直接面對問題，就會顧左右而言他。

走出咖啡館，穿過馬路，將自己的身影融入捷運站的人潮。

自從開始寫東西後，我很努力觀察所看到的一切。

四季的天空變化、灑進屋內的陽光顏色、樹木搖曳的方向和幅度、

便利商店員工的笑容、等紅綠燈的人的表情、擦身而過的人的背影等。

但我就是不會在捷運站內看人。

因為在捷運站內移動的人，很像一個個罐頭，

每個人都用堅硬的金屬把自己包得好好的。

我的眼睛又不是開罐器，怎會知道罐頭內的東西是什麼？

下了車，回到我住的公寓。

剛在客廳的沙發坐下時，發現前面的矮桌上放了一疊紙。

第一張紙上寫著：「荒地有情夫」，這應該是我室友大東寫的劇本。

我覺得劇名很曖昧，忍不住拿起來翻了幾頁。

正琢磨著為什麼要叫做荒地有情夫時，大東正好回來。

他坐我身旁，看了看我手上的紙，說：「名字很俗，是吧？」

『俗？』我把那疊紙還給他，『這名字不叫俗，只是有點限制級。』

「限制級？」大東很納悶，「荒地有情天這名字哪裡限制級？」

『啊？』我很驚訝，『不是荒地有情夫嗎？』

「夫你個大頭！」他站起身大聲說：「荒地有情天啦！」

其實這不能全怪我，大東寫的「天」字稍稍出了頭，看起來也像「夫」。

不過在這方面，我倒是滿迷糊的，從小就是。
例如童話故事《賣火柴的小女孩》，我老是唸成《賣女孩的小火柴》。
我的個性有時跟穿襪子一樣，根本分不清左與右。

大東雖說是我室友，但其實是我房東，這屋子是他父母留給他的。
他是戲劇系畢業，當完兵後，在廣告公司待了兩年。
但我搬進來時，他已經離開廣告公司好幾年。
這幾年他作些廣告文案和寫些劇本過日子，一直待在家裡工作。

「我女朋友晚一點會過來找我。」大東說。
『知道了。』我說。
我起身回到房間，打開電腦，整理一下思緒後，開始在鍵盤上敲字。
寫完要存檔時，想不到適合的檔名，只好暫時把檔名叫做：亦恕與珂雪。
看了看錶，已經很晚了，但大東的女朋友還沒來，所以我還不能睡。
說來奇怪，別人都是女友要來時，把室友趕出去；
可是大東卻是堅持要我在場。

沒想到寫小說比跑操場還累，我走出房門跟大東說我撐不下去、得睡了。
「你睡客廳好不好？」大東說，「她怕吵醒你，就不會罵我了。」
『睡客廳可以，不過我要抵一天的房租。而且我醒來時，要看到早餐。』
「你早餐的飲料要牛奶還是豆漿？」
『豆漿好了。』我走回房間拿出枕頭和棉被，躺在沙發上。
「是。」

『跪安吧。』
「混蛋。」大東罵了一聲。

我一覺到天亮，夢裡並沒有聽見大東被罵，醒來後只看到我的早餐。
漱洗完後，我開始找襪子。
對於襪子這東西，我始終是迷迷糊糊的，常常找不到另一隻。
後來乾脆所有的襪子都買深色無花紋的，只要湊兩隻穿即可。
雖然深色有很多種，但幸好色差都不大，不易被發覺。
不過即使襪子看起來都一樣，我卻開始分不清哪些是該洗的？
哪些是剛洗完的？

穿上兩隻襪子，再穿好鞋，卻發現身上穿的是短褲。
只好再脫掉鞋子、脫短褲、換長褲、穿鞋子。
通常要出門前，我一定會提醒自己要細心，不要遺落東西沒帶。
但還是常會忘了某樣東西。
今天還好，忘了帶的只是早餐而已。

其實我上班的地方，剛好在那家咖啡館附近。
以前每次下班經過咖啡館時，都會學大禹，過門而不入。
直到我的下班時間從五點半提早到四點半，我才偶爾進去喝咖啡。
因為公司狀況不太好，但老總又不希望裁員而造孽，
所以從上個月開始，我們每天少上點班，但月薪也少了幾千塊。

為了彌補這失去的薪水，我開始幫大東工作。

但我能做的有限，頂多在他腸枯思竭時，幫他想想廣告文案。

像護膚中心的「人盡可膚」、面膜廣告的「人盡可敷」。

有次廣告公司要找個暢銷作家拍洗髮精廣告，我還跟他建議：

「我就是用這種洗髮精洗頭，愈洗愈有靈感」這個文案。

通常大東不會採用我的建議，但他還是會酌量抵銷掉幾天的房租。

最近大東接了一個電視台的編劇工作，每天忙著寫劇本。

原本這跟我毫不相干，不過有天我跟他坐在客廳看足球賽時，他問我：

「籃球、棒球、網球等等都是一個顏色，為什麼足球卻是黑白相間？」

『足球本來是白色的，但因為老是被人踢來踢去，久而久之被踢成瘀青，

　所以才會變成黑一塊白一塊。』我隨口說。

大東轉頭看著我，打量一會後，說：「你有天分喔。」

『什麼天分？』我也看著他，『踢足球嗎？我太老了。』

「不。」他說：「你的想像力不錯，應該有寫小說的天分。」

『是嗎？』

「小說的英文叫fiction，有想像的意思。要不要寫寫看？」大東說。

『可是我沒寫過小說。』我跟他搖搖頭。

「反正寫小說就像吃香菇肉羹一樣簡單。」大東說，「如果寫得好的話，

　也許可以賺到幾個月甚至幾年的房租喔。」

『真的嗎？』我想了一下，『那倒可以考慮看看。』
「不必考慮了，就寫吧。」大東說，「不過小說的主題必須是愛情。」

『愛情？』我搖搖頭，『我沒什麼經驗，怎麼寫？』
「寫推理小說的作者殺過人嗎？寫武俠小說的作者是武功高手嗎？」
大東笑了笑，「所以寫愛情小說的人，幹嘛要有豐富的愛情經驗？」
『說得也是。』我也笑了笑。
「你寫完後，我再改編成劇本，說不定有機會拍成電視。」
『聽起來好像不錯。』我還是有些猶豫。
「當然不錯啊，而且女孩子容易對寫小說的人產生好感呢。」
『好吧。我試試看。』
我的個性是如果舉棋不定，就會讓女孩子幫我下棋。

我畢竟是學科學的人，遇到問題時的第一個反應便是收集資料。
我到租書店租了很多小說來看，試著研究小說這種東西。
小說跟我以前寫的研究報告差異好大，充斥大量的形容詞和副詞。
像什麼「剛強的騎士堅毅的外表中有著冷峻的嘴唇」，好多形容喔。
而且如果把所有的形容詞重新排列組合，
改成「冷峻的騎士剛強的外表中有著堅毅的嘴唇」，
和「堅毅的騎士冷峻的外表中有著剛強的嘴唇」，好像也不會差太多。
我還看過「堅定的騎士堅強的外表中有著堅忍的個性和堅毅的神情」，
這種一路堅到底的形容詞。

連續看了幾天的小說後，我便決定放棄這項研究的工程。
因為我很害怕在耳濡目染下，我會把「我在海邊等妳來」這句話，
說成「我默默的在靜靜的海邊悄悄的等著妳輕輕的來」。
於是我只好試著去那家咖啡館找尋靈感，動筆寫小說。
只可惜我沒經驗，光想主角的名字就花了三天。
要不是那個學藝術女孩的出現，我可能還在咖啡館內畫飛箭。

想到小說已經有了開頭，我邊走邊晃著公事包，心情很輕鬆。
走進公司大門，第一眼便看到總機小姐，她正接電話，沒有理我。
總機小姐姓曹，長得甜美可愛，很受公司男同事歡迎。
當老總開始減薪時，因為她要繼續待著，所以我決定留下。
我甚至覺得公司裡沒有一個男生遞辭呈的最大原因，也是因為她。
我的個性是如果自覺做了傻事，就會覺得別人也跟我一樣笨。

從她第一天上班開始，她就很吸引我，我也很想更接近她。
雖然還不知道她的名字，不過每天碰面總會打招呼點頭微笑。
但沒多久我就犯了一個致命的錯誤，又是迷糊造成的。
那時她剛拿到公司給的名牌，把它掛在胸口。
我跟她打招呼時，看了一眼她的名牌，然後唸出：
『曹禮媽。』

正覺得這三個字的發音好像常聽到時，只見她收起笑容，瞪了我一眼。
後來我才搞清楚，她的名字是曹禮嫣，不是曹禮媽。

我很想跟她解釋這只是我的迷糊而已，沒有任何開玩笑的成分，
可是每次看見她時，我就不知道該怎麼開口？

連續幾天她對我不理不睬也不跟我說半句話後，
我終於鼓起勇氣對她說：『曹……曹小姐，別來無恙吧。』
她只是抬起頭看一下我，然後說：「你別來，我就無恙。」
從此以後，只要看見她，我都會因羞愧而有些害怕，甚至覺得她很凶。

話雖如此，但我還是很想接近她。
每天進公司時，我總會試著跟她打招呼。
但我老覺得我的姿勢和神情像極了在樹葉間躲雨的猴子。
今天也是如此。

我的公司雖然不算小，但承包的工程都不大。
我的工作性質很簡單，畫畫設計圖、跑跑工地，偶爾出去開開會。
雖然上班時可以偷空寫小說，這是人之常情；
但工作要敬業不能摸魚乃是真理。
我是學科學的人，當真理與人情發生衝突時，總是站在真理這一邊。

通常只要坐在辦公桌前，我就會非常專注，像老僧入定。
正因為專注，以致於常被電話鈴聲驚嚇到。
照理說，一個迷糊的人應該不會讓人聯想到專注這種特質，

就像看到白雪公主不會聯想到妓院一樣。

不過我的專注也是有所謂的生理時鐘，只要快到下班時間，

就會隱約感到一股殺氣，於是自然清醒，準備下班。

按照慣例，我在下班前還會往曹小姐的方向看一眼。

只要看到她起身離開公司，我便用最快的速度收拾公事包，跟著離開。

如果我夠幸運能跟她一塊等電梯，她會立刻改變方向，走向洗手間。

我只好一個人坐進電梯，讓鬱悶與我一同下墜。

今天我仍然跟鬱悶一起搭電梯下樓。

從力學的角度而言，電梯上升時，人的體重會增加；

電梯下降時，人的體重會減少。

但在曹小姐不理我的情況下，即使電梯正下降，我仍然覺得自己變沉重。

我漸漸體會到，人的感覺常會超乎物理定律之外。

因此就像電影裡的超人總在公共電話亭換衣服一樣，

我總在電梯內改變思考模式，準備進入寫小說的狀態。

離開電梯，走出公司大樓，右轉約三百公尺，就到了那家咖啡館。

推開店門，靠落地窗第二桌的桌上仍然擺著「已訂位」的牌子。

我還是坐回老位置，靠牆壁的桌子。

從公事包拿出一張白紙，開始琢磨著亦恕和珂雪的個人特質。

想了一會後，我不自覺地拿起筆，又在白紙上亂畫圓圈。

正當我的思緒進入那群圓圈所構成的漩渦內時，「噹噹」聲又來了。

再抬起頭時，學藝術的女孩已經坐在靠落地窗的第二桌，眼睛看著窗外。

我正猶豫要不要跟她打招呼時，她轉過頭，開始在桌子上找東西。

她要找的東西似乎不在桌子上，於是又打開手提袋，翻來翻去。

過了一會，她右手敲一下頭，重重嘆了一口氣。

她將身體後躺，靠在椅背，視線開始四處游移。

當她的視線朝向右邊時，剛好跟我四目相對。

我點個頭，微微一笑，算是打招呼。

她雖因我的微笑而微笑，臉上表情卻有些茫然，好像根本不認識我。

照理說我們昨天才見過面，她應該認得我才對啊。

於是我也因她的茫然而茫然，像一隻正在思考香蕉在哪裡的猴子。

我的個性是如果感到疑惑的話，看起來就會像隻猴子，這是我媽說的。

可能她看到我的反應有些詭異，便開口問：「我們認識嗎？」

『咻咻。』我回答。

「呀？」

『很多枝箭射來射去。』我又說。

「什麼？」她的表情更茫然了。

我嘆一口氣，只得說：『學科學的人。』

「你是昨天的那個人！」她恍然大悟。

『妳好厲害。只經過短短一天，妳竟然還能認出我來。』

「真是不好意思，我實在是不太會認人。」

她笑了笑，應該是聽出我的話中「竟然」的涵義。

『這不能怪妳。我天生長著一副間諜臉。』我說。

「間諜臉？」

『嗯。我這種長相毫無特色，很不容易被認出，所以最適合做間諜。』

「你真是愛說笑。這跟你的長相無關。」她頓了頓，接著說：

「其實最主要的因素是——我不是用『臉』來判斷每個人的樣子。」

『喔？』我很疑惑，『那妳用什麼判斷？』

「感覺呀。」

『感覺？』我這隻猴子，又要思考香蕉在哪裡了。

「從我的眼睛看出去，人們的臉都長得差不多。」她邊笑邊說，

「所以我都是依賴他們給我的感覺，去判斷個體的差異。」

『妳的眼睛太奇怪了。』

「動物也未必光靠視覺來辨識個體呀，牠們可能靠聲音或是氣味。如果你
　養過狗就知道，你再怎麼易容或戴面具，牠還是可以輕易認出你來。」

『這麼說也有道理，可是我們畢竟是人啊。』

「人又如何呢？」她笑了笑，「從人的眼睛看出去，狗呀、貓呀、猴子
　呀、老虎呀，牠們的臉還不是都長得差不多。」

雖然我還是不太能理解她的意思，不過我倒是想起一部電影。

黑澤明的《影武者》中，跟武田信玄長得很像的影武者（替身），

可以瞞過任何人，包括武田信玄的親人甚至是妻子，

但卻無法瞞過武田信玄的愛馬。

「對了，我有畫你哦，要不要看？」她攤開桌上的畫本。

『好啊。』我站起身，走到她對面，坐下。

『咦？我的臉有這麼方嗎？』

畫中人物的臉四四方方，而且五官模糊，嘴邊還長了幾條觸鬚。

「這是我的感覺呀。」

『我的臉明明是圓中帶尖，怎麼感覺也沒辦法感覺成四方形的吧。』

我將視線離開畫，問她：『妳會把一顆雞蛋感覺成一本書嗎？』

「這跟形狀沒有關係，只是我對你這個人的感覺而已。」她指著那張畫，

　「你給我的感覺好像做事呀、個性呀都是硬硬的，線條不夠smooth。所以
　　對我而言，這就是你的『臉』。」

『可是我又沒留鬍子，怎麼會有這些鬍鬚呢？看起來好像……』

「好像狗是嗎？」她很開心，「你也有這種感覺吧，這就對了。」

『對個……』我硬生生把「屁」吞下，提高音量：

『妳把我畫得像狗，我當然會感覺到一條狗啊！』

她笑得更開心，身體抖啊抖，抖落很多笑聲，「昨天你給我的感覺像是
　　很努力找尋某種東西，但不是用眼睛找，你只是四處嗅呀嗅的。」

『說來說去，妳還是說我像條狗。』

「我不是說你像狗。」她搖搖頭，「我只是感覺到狗的特質而已。」

雖然我爸也曾說我像狗，不過那次是因為我趴在地上找掉了的錢。

我仔細回想昨天在這裡找靈感的樣子，真的會讓人覺得像狗嗎？
想著想著就入了神，等我回神時，剛好接觸到她的目光。
「你現在的感覺像……」她似乎有些不好意思，欲言又止。
『像猴子吧。是嗎？』
「沒錯。」她挺直身子，眼睛一亮，「就是猴子。」
『妳跟我媽的感覺一樣。』我笑了起來。
我的個性是只要有人跟我媽的意見一致，我就會很高興。

『對了，妳剛剛在找什麼？』我說。
「筆呀。」她有些沮喪，「我老是迷迷糊糊的，今天又忘了帶筆。」
『我也是很迷糊喔。』
「如果是迷糊的猴子的話，很容易從樹上掉下來哦。」她笑了笑。
笑完後，她發現咖啡沒了，朝吧台方向伸出右手食指。
『妳在做什麼？』
「續杯呀。」她說，「我這樣比，老闆就知道我的咖啡要續杯。」

她將畫本翻了幾頁，指著一張圖說：「這張畫的主題就是迷糊。」
圖中一個女孩子趴在地上，右手掀開床單，似乎朝床底下找東西。
『迷糊？』我想不通圖名的涵義。
「你看看，她左手拿著什麼？右腳又穿著什麼？」
『都是拖鞋吧。』
「是呀。但她竟然還在床底下找拖鞋，這難道不迷糊？」她笑著說。

『妳在畫自己吧。』我說。

「對呀。」她笑了笑。

『看不出來。』我也笑了笑。

「我常常要坐電梯下樓時，卻是按了朝上的『△』。」

『爲什麼？』

「因爲電梯在一樓，所以我要叫電梯上來，然後載我下去呀。」

說完後，她一直笑。我也覺得好玩，於是跟著笑。

因爲我總是看到她專注地凝視窗外，所以很難聯想到她有迷糊的特質。

印象中學藝術的人要嘛頹廢、要嘛前衛，似乎沒看過迷糊的。

而且我覺得藝術家的思考比較輕，於是邏輯啊、想法啊，

總是飄啊飄的，很難掌握落點和方向。

不像我們這一掛學科學的人，思考又硬又重，像混凝土和柏油路面。

思考要轉彎時，也是硬邦邦的，而且還要考慮彎道的離心力。

『我有一個方法可以避免迷糊喔。』我說。

「眞的嗎？」

『嗯。我常常在手心寫字，只要隨時攤開手心……』我朝她攤開手心，

『就可以提醒自己，避免忘東忘西。』

「你手心有字哦。」

『是嗎？』我將手心轉向自己，上面寫著：下午五點半市政府開會。

『哇！』我看了看錶，已經快五點半，『我先走了。Bye-Bye。』

轉身欲奔跑時，差點撞到正端著咖啡朝她走去的老闆。

老闆雙腳釘在地上，身子微彎並後仰，避過我的正面衝擊。

很難想像沉著冷靜的人會有這麼柔軟的腰。

「你還沒付帳。」他的聲音依舊低沉。

看來整間咖啡館內的人，就只有他不迷糊。

付了錢，衝出店門攔了輛計程車。

到了市政府後才發現，公事包放在咖啡館沒拿。

我跑到市政府時，已經遲到十分鐘。
躡手躡腳地摸進會議室，在出席名單上簽完名後，手機突然響起。
『Shit！』
慌張地從褲子口袋裡掏出手機，還不忘低聲罵一句。

原來是催繳電話費的通知，我不等那個甜美的聲音說完，就掛上電話。
真可惜，聲音這麼好聽，卻去幹這種討債的勾當。
正想找位子坐下時，發現很多人盯著我看。
會議室太安靜了，氣氛又詭異，很像快要下大雨前原始叢林的悶熱；
也像草原上的獅子準備撲殺獵物時的短暫寧靜。
我意識到剛剛手機的響聲和低罵聲可能驚擾了他們，於是頭皮發麻，
感到一陣尷尬。

在市政府開的這個會，主要討論在水鳥的棲息地附近蓋座電廠的問題。
與會的人，大致上可分為專業人士、施工單位和環保團體三種。
施工單位希望蓋電廠，環保團體不要蓋電廠，彼此的立場是衝突的。
專業人士的立場則在中間，但有的偏施工單位，有的偏環保團體，
還有的是在中間的中間。
我老總是屬於專業人士那種，不過他不想來，就叫我來代打。
他只交代我，他的立場是中間的中間，要看苗頭來決定倒向哪邊。

會議一開始，雙方陣營分別上台簡報。
施工單位強調蓋電廠是當務之急，彷彿沒有這座電廠經濟就會衰退，

大家就可能在黑暗中呼喊親人的名字、摸索親人的雙手。

環保團體則不斷提及那種水鳥是如何的稀有，光名字聽起來就很稀有，

如果不保護這塊棲息地，牠們只能在寒風中啾啾哀鳴。

雙方簡報完後，準備進入討論時間，會場瀰漫著終於開戰了的味道。

我下意識緊閉雙唇，避免被戰火波及。

「我們已做好詳細的生態環境影響評估，絕不會干擾水鳥。」

「如果你是水鳥，旁邊有座吵死人的電廠，你還會想住在那裡嗎？」

「我們會嚴格控制噪音的問題。」

「只有控制噪音有什麼用？如果你是水鳥，旁邊有座整天亮啊亮的電廠，
　你還會想在那裡生小鳥嗎？」

「亮不亮跟水鳥要不要生小鳥有關係嗎？」

「你喜歡你在生孩子的過程中，有人一直拿手電筒照你嗎？」

「可是我們需要電啊！」

「水鳥的生存與繁衍更重要！」

「你希望每晚點蠟燭，還是希望看到水鳥過著幸福快樂的日子？」

「我希望後代的子孫，仍然可以欣賞這種美麗的水鳥！」

雙方的音量愈來愈大，場面幾乎失控，而擔任主席的市政府人員，

卻像條準備穿越馬路的狗，被兩邊快速移動的車潮擋住去路。

我的個性是只要處在不協調或是衝突的場合中，就會感到尷尬。

所以我把桌上寫著議程的紙翻到背面，打算構思小說進度來逃避尷尬。

過了一會，聽到主席喊：「周在新先生。」

那是我老總的名字。

當我正幸災樂禍準備看他如何面對這種場合發表高見時，

突然想到今天是我代他出席，但我在出席名單上簽的卻是他的名字。

我應該簽上自己的名字，然後再加個「代」字才對啊！

我立刻站起身，頭皮又因尷尬而瞬間發麻，半晌說不出話來。

「這種遲到又不懂得關手機的人，一定是自私的人。自私的人怎麼會懂得
　尊重自然生態呢？他的意見不聽也罷。」

我更尷尬了，感覺頭髮正要搭乘頭皮，離我飛去。

『如果你鄰居的老伯伯活到很老很老，朋友跟親人都死光了，你想想看，
　他還會想再繼續活下去嗎？』

我一說完，現場氣溫好像突然降了好幾度，應該是我的話太冷的緣故。

完蛋了，我竟然在這種場合講錯話。

會議室內安靜了幾秒，主席轉頭朝向似乎不知所措的記錄員說：

「周先生的這段話，還是要記錄。」

記錄員猛然驚醒，低頭在紙上刷刷寫字。

我僵了一會，看現場沒有任何動靜，於是緩緩地坐下。

低下頭，左手遮住額頭，右手在桌面下狠狠捏了左大腿幾把。

幸好後來說話的專業人士，意見還滿客觀的，會議室溫度才開始回升。

如果不是因爲無法走開的話，我一定會躲在牆角畫圈圈。

本想藉著構思小說來打發剩餘的時間，但頭皮還有些發麻，

而且我的思緒已變成水鳥，不斷被電廠的噪音和光亮所干擾。

好不容易開完會，我用最快的速度離開市政府，直奔那家咖啡館。

我急著推開店門，因爲用力過猛，門撞上一個正要走出來的女孩子。

「唉唷！」她慘叫一聲，右手揉著額頭。

『對不起。』我立刻說。

她狠狠瞪我一眼，出門後又轉過身再瞪一次。

我又覺得尷尬了。

『老闆……』門把上鈴鐺的噹噹聲還沒停止，我便急著說話。

「早走了。」老闆沒停下手邊的動作。

『什麼走了？』

「把你畫得像狗的女孩。」

『我不是問她。』我比了比之前坐的位子，『你有看到我的公事包嗎？』

「有。」

我鬆了一口氣，原本還擔心公事包會不見。

老闆背對著我洗杯子，基於禮貌上的考量，我不好意思催促他。

等他洗完杯子並擦乾後，他轉過身，剛好跟我面對面。

「還有事嗎？」他問我。

我先是一楞，後來才會過意，只好苦笑說：『可以把公事包還我嗎？』
「用『還』這個字不好，因為我又沒借，怎麼還？」
『好吧。』我又苦笑，『可以把公事包"給"我嗎？』
「嗯。」他低頭從吧台下方拿出公事包，遞給我。
我說了聲謝謝，轉身離開，拉開店門。

「寫小說的人用字要精準，尤其是動詞的使用。」
聽到這句混在噹噹聲的話，我不禁轉身問：『你怎麼知道我在寫小說？』
「感覺。」
『又是感覺。』我第三度苦笑，『那我找東西的樣子像狗嗎？』
「現在不像。」他說，「找靈感時才像。」
說完後，他走出吧台，到客人剛走後的桌子旁，收拾杯盤。
我突然覺得他很像在少林寺掃地的武林高手，深藏不露。

離開咖啡館回到家，剛打開門走進去，尚未彎身脫去鞋子時，
看到客廳站著側身向我的兩個人，大東和他女朋友——小西。
我還沒開口打招呼，小西指著大東喊：
「你就像森林失火又地震時爬出來的烏龜一樣討厭！」
我又走進另一個衝突的場合中。

大東、小西和我三個人，似乎同時感到尷尬。
我的頭皮又瞬間發麻，大東的眼睛裝作很忙的樣子，東看西看。
小西先是一楞，過幾秒後便快步經過我身旁，奪門而出。

大東在小西走後，慢慢地踱向沙發，然後坐下，打開電視。
我彎身脫去鞋子，也走到沙發旁坐下。

『什麼是森林失火又地震時爬出來的烏龜？』
過了一陣子，空氣中的硝煙散盡，我轉頭問大東。
「大概是說即使狀況再怎麼緊急，我做事仍然不乾不脆、拖拖拉拉。」
『這比喻起碼有四顆星。』我笑了笑，『但我從沒聽過小西這樣說話。』
「她生氣時，講話的句子會一氣呵成，沒有半個標點符號。」
『是這樣喔。』我想了一下，『我倒是沒看過她生氣。』
「你當然沒看過。」他苦笑著，「有人在的話，她就不會當場生氣。」

大東這話說得沒錯。
認識小西也有一段時間，印象中的她總是輕輕柔柔的。
她說話的速度算慢，而且咬字很清楚，一字一句，不慍不火。
以剛剛那句「你就像森林失火又地震時爬出來的烏龜一樣討厭」來說，
她在正常情況下，應該會說：
「你就像，森林失火，又地震時，爬出來的，烏龜，一樣討厭。」
而且結尾的語氣會用句號，不是驚嘆號。

小西的名字其實不叫小西，綽號也不是小西，小西只有我這樣叫。
因為她是大東的女朋友，我自然叫她小西。
如果大東以後換了女朋友，我還是會叫他的新女友為小西。
大東聽久了，也懶得糾正我，甚至有時也會跟著我叫小西。

我本來想問大東挨罵的原因，但後來想想還是算了。

因為大東的臉看來像是只差一步就可以爬進海裡的烏龜的臉。

『你的劇本進行得如何？』我試著轉移話題。

「待會要去開會。」大東說，「要討論如何加強主角間的衝突性。」

『幹嘛要衝突？』我下意識摸摸頭髮，『和諧不好嗎？』

「你不懂啦。」大東說，「電視劇中的主角人物，在外表、個性、背景、
　　成長環境等，最好有一樣以上是衝突的；或者他們的關係，與道德禮教
　　或價值觀衝突。這樣故事情節在進行時才會有張力。」

大東一提起劇本，精神都來了，像突然襲來的海浪將烏龜帶進海裡。

「武俠劇不用提，人物的善與惡太明顯，因此會直接衝突。在愛情劇中，
　　以《羅密歐與茱麗葉》為例。」大東說，「如果羅密歐愛上茱麗葉時，
　　他們的家族不是世仇而是世交的話，故事還有可看性嗎？」

『但我老覺得衝突不好，不可以完全沒衝突嗎？』

「完全沒衝突的劇情要在深夜播出，這樣觀眾剛好可以看到睡著。」

大東脫去龜殼，一臉輕鬆，「作這檔戲編劇的人，應該改行當醫生。」

「就像我們既是房東與房客，又是好朋友。如果寫進小說，就是衝突點。
　　說到這裡……」大東突然拍一下手掌，「你這個月房租該繳了。」

『喂，我行動電話費也還沒繳，你忍心催我繳房租嗎？』

「套句你的說法，租房子要繳房租是真理，我們之間則是友情；當真理與
　　友情發生衝突時，我總是站在真理這一邊。」

『你又不是學科學的人。』我悶哼一聲。

大東嘿嘿笑了兩聲,打開門,回頭說:「我去開會了。」

大東走後,我算一下這個月該繳幾天的房租。

如果包括昨晚睡在客廳的酬勞,這個月我只要繳18天的房租。

但想到還有電話費沒繳和失去的幾千塊薪水,

我就覺得自己像森林失火又地震時卻無力爬出來的烏龜一樣可憐。

我打開電腦,下筆前想到剛剛大東說的「衝突」這東西,好像有點道理。

仔細想想以前看過的電視劇或電影,比方日劇來說,

《長假》是女大男小;《跟我說愛我》的男主角是啞巴、女主角正常;

《東京仙履奇緣》的男主角很帥又沒天理的有錢、女主角卻超級平凡;

《東京愛情故事》是一男二女,A愛B、B愛C,C不管愛誰都衝突;

《101次求婚》是男醜女美,而且女的還背負未婚夫死亡的陰影,

同樣的陰影,也出現在男老實女凶悍的韓國電影《我的野蠻女友》中。

即使主角之間並不衝突,甚至可說相當和諧。

但正因這種和諧,卻會形成另一種衝突。

如《失樂園》和《戀人啊》,男女主角在各方面都很契合,

可是卻分別擁有自己的家庭,於是很容易與社會道德觀衝突。

早期引進台灣的韓劇中,也是充斥這類衝突。

看來明顯的衝突，好像眞是這些故事的精神。

可是一想到要加強主角間的衝突性，原本趴在頭皮上的頭髮，

又試著站起來。

今天已經碰過幾次衝突的場合，我可不喜歡這種尷尬的感覺。

所以在我的設定下，亦恕和珂雪都是迷糊的人。

當珂雪忘了帶畫筆要拉開咖啡館的門，準備回家拿時，

剛好碰見要推開咖啡館的門進來找公事包的亦恕。

這是他們第二次碰面的情景。

由於門把同時被推與拉，於是亦恕腳步踉蹌、珂雪險些撞到門。

他們的個性特質並不衝突。

如果眞要強調他們之間的衝突，那就從他們的學習背景著手吧。

畢竟一個學科學，另一個學藝術，一定會有很多想法上的衝突。

例如當珂雪告訴亦恕說：「我這輩子最想做的事，就是飛翔。」

亦恕不會說：「那就乘著我的愛吧！這是我給妳的，最堅強的翅膀。」

亦恕會說：「我會發明一種生物晶片，當它植入腦中時，便可讓人體模擬

　　鳥類的飛翔動作。」

嗯，這應該是他們之間最大的衝突點，也是我所能接受的衝突極限。

完成今天的進度後，便躺下。但腦海縈繞著哪裡衝突、如何衝突的問題，

導致我也與床和枕頭衝突，折騰了許久才睡著。

醒來後已經有點晚，迷迷糊糊中簡單漱洗一下就出門上班。

走進公司大門，曹小姐一看到我，便低頭拿起電話。

我一直覺得奇怪，好像每天早上她看到我時，都剛好在講電話。

我恍然大悟，她應該是假借講電話來避開每天早晨的第一次碰面。

又感到一陣尷尬，我完全清醒過來。

屁股還沒坐熱，老總就撥電話來叫我進他的辦公室。

一走進去，發現曹小姐也在，老總似乎在交代她事情。

我只好轉過身等他們談完，眼睛順便在牆上閒逛。

牆上貼了幾張老總的兒子在幼稚園的獎狀，不外乎是好寶寶之類的。

這實在是沒什麼好炫耀的，哪個殺人犯在幼稚園時就喜歡拿刀子？

我小時候也是把獎狀拿來當壁紙的人，現在還不是一樣落魄江湖。

「你好啊，周在新先生。」

胡思亂想之際，我聽到老總叫他自己的名字，我好奇地轉過頭。

「你真行啊，周在新先生。」老總看著我說。

『你在跟我說話嗎？』我朝老總指了指自己的鼻子。

曹小姐還在，我看了看她，發現她也是很疑惑。

「我當然是跟你說話啊，周在新先生。」

『周在新是你啊。』我走近他辦公桌，問他：『你是不是工作壓力太大，
　導致暫時性失憶？』

「你才暫時性失憶咧！臭小子！」

老總似乎很激動，拿出一份傳真文件，翻到其中一頁，「你自己看！」

我拿起來看後，知道是昨天下午市政府的會議記錄。

『這……』我將那份傳真放下，下意識抓抓頭，又尷尬了。

「如果你鄰居的老伯伯活到很老很老，朋友跟親人都死光了，你想想看，
　他還會想再繼續活下去嗎？」老總照著唸完後，問我：

「請問大哥，這是什麼意思？」

『嗯……那個……』我偷瞄了一下曹小姐，只覺得頭皮又麻又癢，

『也許水鳥看到同類所剩無幾，於是起了不如歸去的念頭。』

「不你的頭！」老總的樣子好像是一隻激動的鳥，翅膀拍個不停，「你在
　市政府耍什麼寶？要耍寶不會簽你自己的名字嗎？」

『我一時迷糊，忘了。』我又抓抓頭。

「你……」老總的翅膀還是拍個不停，說不出話來。

『那個……』我見老總一直不說話，只好問：『你叫我來，是……？』

「本來是想問你昨天會議的事，現在不必問了。」

『那要不要我描述一下當時混亂的情景？』

「你馬上給我消失！」

老總霍地站起身，好像終於一飛沖天的鳥。

走出老總的辦公室，我甩動身體以甩掉因尷尬而產生的麻癢，
像淋濕的狗甩掉一身的水那樣。

差不多甩乾後，曹小姐也走出來，看到我的動作，嚇了一跳。

「真不好意思。」她說。

我很震驚，半晌反應不過來。

這有點像是你欣賞了一輩子的月亮，有天月亮竟然開口跟你說話那樣。

「我今天一早收到那份傳真，剛剛拿給周總看，結果卻害你挨罵。」

『喔。』我恍然大悟，『沒關係，這本來就是我的迷糊造成的。』

「你唸錯我的名字也是迷糊？」

『對對對。』我用力點頭。

「哦。我原以為你是個輕薄的人。」

『不不不。』我開始激動。

「那就好。」她微微一笑，「以後多小心，別再迷糊了。」

『是是是。』

我的個性是如果要強調講話時的語氣，就會把一個字重複唸三遍。

「你的頭髮是自然捲嗎？」我們一起走回各自的辦公桌時，她又問。

『這個嘛……』我用手試著壓下像飛簷般翹起的頭髮，『我的睡相不好，
　起床後也沒梳頭，剛剛又抓了幾次頭髮，於是就……』

難怪我覺得整個人好像要飛起來，原來我的頭髮已像鳥類展開雙翼。

「原來如此。」她坐了下來，用手指了指，「你的辦公桌在那邊。」

我實在是尷尬到不行，剛好頭髮像鳥，於是飛也似的回到我的辦公桌。

雖然今天挨了老總的罵，不過由於曹小姐主動跟我說話，

算起來心情還是有賺頭，而且賺得不少。

我也盤算著下班時搞不好可以跟她一起搭電梯下樓。

最好電梯突然故障，把我們困住，她應該會因為害怕而哭泣。

「想哭就到我懷裡哭」，這是庾澄慶的歌，也將是我對她說的話。

可是一到下班時刻，我突然想起頭髮不知道服服貼貼了沒有？

趕緊到洗手間理一理儀容，出來後她已經下樓了。

我只好改唱張學友的「回頭太難」。

走出公司大樓，一面走一面想著亦恕和珂雪接下來會發生什麼事呢？

如果珂雪總是望著窗外，亦恕又如何與她有所交集？

搭訕嗎？不可能。

亦恕是學科學的人，他知道氫分子是藉由燃燒而跟氧分子化合成水，

而不是氫分子主動跑去跟氧分子說：「讓我們結合吧。」

所以，該如何讓氫分子燃燒呢？

正在傷腦筋之際，彷彿聽到右邊傳來細碎的「叩叩」聲。

轉頭一看，那個學藝術的女孩正在咖啡館內用手指輕輕敲著落地窗。

她朝我笑了笑，我指了指自己的鼻子，她點點頭。

我右手推開店門，左腳剛跨進，突然想起今天並沒有打算要喝咖啡。

於是動作停格。

「嗨，學科學的人。」她指了指她桌子對面的位子，「請來這裡坐。」

我看了看她，又看了看老闆，感覺老闆像正等著老鼠走出洞口的老鷹。

而我就是將頭探出洞口的老鼠。

算了，喝杯咖啡也無妨。

我雙腳走進咖啡館，老闆也同時飛過來。

我坐在她對面，跟老闆點了一杯咖啡，然後問她：『有事嗎？』

「我跟你說一件事哦。」她的語氣很開心，眼神水水亮亮的。

照理說她常過度使用眼睛來觀察東西，眼神應該很銳利才對。

可是她的眼神卻柔軟似水，好像微風吹過便會產生陣陣漣漪。

『什麼事？』我說。

「我這幾天畫畫的靈感，像雨後春筍般出現。」

『那很好啊。』

「你知道嗎？」她笑了起來，眼中波光瀲灩，「你就是那場雨。」

連她的笑容都是柔柔軟軟的，讓我想起去年尾牙摸彩時抽中的蠶絲被。

我的個性是如果女孩子當面誇獎我，我就會很尷尬。

那種因尷尬而產生的麻癢感，在四肢間快速流竄。

「我真的很感激你。」

『好好好。』我趕緊說話以免她繼續說下去，『不必客氣了。』

「我該怎麼感謝你呢？」

『妳把那些春筍分一半給我就行了。』

「好呀。從現在開始我畫的每張圖，你都可以看。」

我實在不習慣她的眼睛不看窗外，而盯著我瞧。

我又開始抓頭髮，剛剛順好的頭髮，現在看起來大概又是自然捲了。

幸好老闆把咖啡端過來，我喝了一口，平靜不少。

「我可不可以請你幫個忙？」她說。

『可以啊。』

「你現在可不可以當我的模特兒？」

『模特兒？』我張大嘴巴。

印象中的模特兒好像都是沒穿衣服的女人，通常還是胖胖的。

而且好像都是剛吃飽飯便被叫去當模特兒，以致肚子圓鼓鼓的。

她怎麼會叫一個還沒吃飯的年輕男子來當模特兒呢？

『可以是可以，不過……』我吞吞吐吐，『不過我要穿衣服。』

「你放心。」她微微一笑，「我不是要畫裸體素描。」

『那就好。』我鬆了口氣。

我雙手撥撥頭髮，轉頭看著落地窗中的自己是否足夠瀟灑。

「那我要問你問題了哦。」

『問問題？』我有些疑惑，不過還是回答：『好啊。』

「你還是處男嗎？」

這一驚非同小可，驚訝之後便是尷尬，我下意識往後退，緊緊貼住椅背。

新仇和舊恨同時湧上來，我尷尬得幾乎要飛到外太空了。

「我知道了。」她說。

她攤開畫本，拿起筆，低頭開始畫圖。

我心想處男跟模特兒有關嗎？難道模特兒得是處男？

我看她並沒有盯著我瞧，只是低頭猛畫，心裡更納悶了。

而且她說她知道了，知道什麼啊？

「畫好了。」

她笑一笑，端起咖啡杯，喝了一口。

我等尷尬的感覺慢慢散去，才低頭看了看那張圖。

圖上只畫了一個人，雙手和雙腳大開，眼睛似乎翻白眼，嘴巴也大開。

最特別的是，他的頭髮和全身的毛髮直挺挺豎立著，甚至眼睫毛也是。

好像把針插滿全身。

在人的上面一直到畫紙的邊緣，還畫了很多條短直線。

『這是我嗎？』我問。

「嗯。」她點點頭，「不過這張圖的名字，叫尷尬。」

『尷尬？』

「對呀。」她的咖啡沒了，於是朝吧台方向伸出右手食指，「我從你身上感覺到尷尬的味道，便想畫畫看。」

『那妳幹嘛問那個問題？』

「這樣你才會更尷尬呀，而且我想再確定一下你尷尬時的樣子。」

她笑得很開心，「你尷尬時好像全身都被毛髮扎到，很好玩。」

『是嗎？』我指了指圖上那些短直線，『這是什麼？』

「這是學你的，表示快飛起來的感覺。」她又笑了笑。

『這次我的臉怎麼不是四四方方的？』我說。

「因為我開始覺得你有一些 smooth 的線條，不再又直又硬。」

『smooth？』我摸摸自己的臉，『會嗎？』

「這還是跟臉的形狀無關啦。」她指著圖，沿著臉的線條走了一圈，「當你能很輕易釋放自己的感覺時，你的線條就會很smooth。」

『下次能不能把我畫漂亮一點？這次看起來像猴子。』

「好呀，我盡量。」她笑一笑，「我會把你畫得比猴子帥一百倍。」

『比猴子帥一百倍也還是猴子啊。』

「說得也是。」她又笑了笑，「下次會讓你恢復人形的。」

『不過下次不可以再問奇怪的問題。』

「好。」她頓了頓，「可是那種問題只能問你，才會有尷尬的感覺。」

『為什麼？』

老闆剛好端著新煮好的咖啡，放在她面前。

她抬起頭問老闆：「你還是處男嗎？」

「嗯，我還是。」老闆面不改色，低頭收拾她剛喝完的咖啡杯盤。

「真是辛苦你了。」她說。

「哪裡。」老闆收拾好杯盤，又說：「不過在21世紀的現在，如果要找我這個年紀的處男，倒不如去喜馬拉雅山上找雪人。」

老闆要離開時，轉身對我說：「你說是吧？雪人先生。」

『我……』

「你明白了吧。」她說，「這種問題問別人，別人不見得會尷尬。」

『可是……』

「我只是想畫尷尬的感覺而已，希望你別介意。」
『我不會介意的。』我有點不好意思，『只是這種問題難免……』
「不然這樣好了。」她笑了笑，「你今天的咖啡，我請。」

我低頭看了看圖，似乎又能感覺到那股麻癢。
她的眼睛應該有點像天線或雷達之類的東西，能探測外界的細微擾動，
於是能輕易捕捉無形的感覺。
不過她的眼神始終又柔又軟，隱約可看到盪漾在其中的水波。
水？
沒錯，她的眼睛應該具有某種能量，
而這種能量可以燃燒氫分子，然後再與氧分子化合成水。

我終於知道亦恕和珂雪的故事要怎麼接下去了。

亦恕是學科學的人，當他看見月亮時，會聯想到月球引發的潮汐現象，
而非愛情的陰晴圓缺。
他習慣在思考推論的過程中引用邏輯，盡量避免用感覺來判斷。
於是他的感覺不斷被理性的外衣包住，一旦脫去外衣，
這些感覺便會赤裸裸的呈現在觀察力敏銳的珂雪眼中。
所以對於憑感覺作畫的珂雪而言，亦恕將是最好的模特兒。

可是，亦恕為什麼要脫去理性的外衣呢？
嗯，因為他要寫小說。
那他為什麼要寫小說？
為了吸引喜歡的女孩、莫名其妙被人說有天分、想試著多賺點錢等等。

走出房門倒杯水，看見大東正在客廳看電視。
「喂。」大東叫住我，指著電視問：「這句 slogan 如何？」
我看了看電視，知道那是畢德麥雅咖啡的廣告 slogan ——
「喝過畢德麥雅，你很難再喝其他咖啡」。
『怪怪的。』我喝一口水，說：『會讓人以為喝過畢德麥雅咖啡後，因為
　覺得太難喝了，從此對咖啡絕望，於是便很難再喝其他咖啡。』

「你的想法太奇怪了。」大東說。
『這句話本來就有毛病啊。就像有些人失戀後便很難再談戀愛一樣，那是
因為戀愛的殺傷力太大，以致很難再談下一個戀愛啊。』
「這句 slogan 根本不是這個意思，它是表示：曾經滄海難為水。」

『我偏偏覺得是：一朝被蛇咬，十年怕井繩。』
「不要抬槓了。我最近接了一個咖啡廣告的文案，你有空幫我想想。」
『好吧。我如果想出來後，你要多扣幾天房租喔。我最近手頭很緊。』
我坐了下來，把茶杯放在沙發前面的矮桌上。

「對了，你小說寫到哪？」大東問。
『你想看嗎？』
「嗯。」大東點了點頭。
我回房把檔案印出來，數一數只有30頁左右，搞不好會被大東嘲笑。
於是把字體和行距加大，再印一次，變成40頁的份量。
我的個性是如果要讓別人覺得我很厲害的話，就會逞強。

「亦恕與珂雪？」他只看一眼，便說：「為什麼不叫：癡漢與美女？」
『你少唬我，那是A片的片名。』
「原來你也看過。」大東笑得很開心。
『對啊，那是癡漢電車系列很有名的片子。』我也笑了幾聲。
突然覺得不對，立刻收住笑聲，說：『喂！別拿我的小說名字開玩笑。』
大東嘿嘿兩聲後，便專心閱讀。

隨著大東翻頁時所發出啪啦聲，我的心臟也會跟著抽動一下。
大東看得很快，沒多久便看完，然後把稿子放在矮桌上。
『怎麼樣？』我問。
我很緊張，好像打電話去問看了榜單的朋友，我有沒有考上一樣。

「出現很多次因為和所以。」大東說，「應該是你研究報告寫多了。」

『可是文字的邏輯順序要清楚，有因才會有果啊。』

「寫小說時的腦袋要軟一點，不必太用力解釋很多東西。如果小說中所有
　大小事情的因果都要解釋得很清楚，讀者會以為在看佛經。」

『不。』我說，『我是學科學的人，當真理與寫小說的原則發生衝突時，
　總是站在真理這一邊。』

「你又在抬槓了。」大東說。

我不是抬槓，只是逞強。

「因為」我對文字的掌控還不是那麼嫻熟，

「所以」小說中才會出現太多次因為所以。

「因為」不想讓大東認為我能力不足，「所以」我不會坦白承認這點。

這可能是「因為」我小時候沒有好好受教導，「所以」才會事事逞強。

我的個性是如果發現我的個性有偏差，就會覺得那是小時候的問題。

「還有，有些形容你用得怪怪的。」大東又拿起稿子，快速翻了幾頁，

「很像在冬天的海灘出現比基尼女郎的那種感覺。」

『這是什麼意思？』

「冬天的海灘應該很冷清，如果出現穿三點式泳裝的比基尼女郎，你不會
　覺得怪怪的嗎？」

『這怎麼會怪？』我又開始逞強，『當你在寒冷的冬天海灘上而且心情正
　低落時，突然迎面走來比基尼女郎，你不會精神一振嗎？』

「喔?」大東的表情先是驚訝,然後微笑,「你說得沒錯喔。」

『嘿嘿。』我很得意。

「目前為止還不錯。」大東說,「尤其咖啡館老闆的角色很生動。」

『是嗎?』我很高興,『那麼我多描寫他好了。』

「不要忘了小說的主軸,支線部分要控制好,不要喧賓奪主。」大東說,

「你還要上班,寫小說不會太累吧?」

『不會的。我是天生好手啊。』

「別逞強。明後天放假,你可以休息兩天,不急。」

『我渾身上下都是精力,不需要休息的。』

我的個性是如果別人叫我不要逞強的話,就會更逞強。

其實這陣子寫小說,耗去很多心力,覺得有些疲憊。

原本打算利用這兩天休假去看電影,或找朋友出去玩。

但我已經在大東面前誇下海口,只好關起門來寫作。

每當撐不下去想溜出去玩時,看見大東還在他房裡趕稿,

我便打消念頭,乖乖回到電腦前。

在《亦恕與珂雪》接下來的進展中,我將亦恕設定為逞強的人。

因此亦恕也許沒有足夠的理由寫小說,卻有不得不寫小說的力量。

至於咖啡館老闆這號人物,每當我描寫他時,都會聯想到武功高手。

我甚至不小心寫下:他在吧台上用內力煮咖啡,逼出咖啡的香氣。

後來發現時立刻改掉,畢竟愛情小說中出現武俠情節是很詭異的事。

就像我們無法想像在武俠小說中,各路英雄豪傑爭奪武林盟主時,
突然出現外星人來搞亂的情節。
這跟「冬天的海灘出現比基尼女郎」的感覺完全不同,
比基尼女郎也許可以讓讀者精神一振,但外星人一定會讓讀者瘋掉。

我也發覺我可以專注於寫小說這件事情上,這跟上班時的專注不同。
上班時的思考像依循藏寶圖找寶藏一樣,會有線索、路徑和工具。
你只需演算、推論與判斷,然後找出合理或正確的答案。
答案通常只是被隱藏,並非不存在。
思緒也許會迷路或找不到方向,但終歸是在路上走著。

但寫小說時的思考並沒有藏寶圖,甚至沒有寶藏。
也就是說,答案不是被隱藏,只是不存在。
於是思緒很容易進入一種冥想的狀態,完全不受控制。
前一秒還在沙漠中找綠洲,後一秒可能在大海裡躲鯊魚。
好不容易收斂心神離開沙漠或大海,思緒的後腳卻像綁了條橡皮繩索,
以為要一躍而出時,卻會突然被莫名的外力拉回。

在思緒游離的過程中,我常想起過往記憶的片段。
腦海裡有時會浮現曾經看過的電影情節;有時彷彿聽到熟悉的音樂;
有時幾乎可以聞到與初戀情人走在故鄉海邊時的空氣味道。
我無法分辨,是以前發生過的場景和對白被我寫入小說中;
還是小說將我帶進過往的記憶裡,讓我在小說中再活一次?

這兩天也曾想過到那家咖啡館坐坐，喝杯咖啡換換心情。
但一來懶得出門；二來覺得錢還是省點用比較好，所以便沒去。
幸好有這些現實生活上的理由，提醒我現在正簡單生活著，
而不是活在自己所架構的小說世界裡。

星期一到了，我又得上班，思考的方式也將改變。
昨晚寫到凌晨三點，早上起床時呵欠連連，走路像在打醉拳。
趁著坐捷運的空檔，閉上眼睛休息。
再睜開眼睛時，隱約可以從很多人空洞的眼神中，感覺到一些東西。
他們雖然仍是罐頭，但並不是真空密封，我彷彿可以聞到味道。

剛走進公司大門，正好與抬頭的曹小姐四目交接，「早。」她說。
我卻說不出話來，畢竟好一陣子沒聽見她跟我打招呼。
「休假兩天，應該有出門好好玩一下吧。」
『我……』
「你好厲害，每天都剛好在八點出現。」
『這個……』
我的個性是如果漂亮的女孩主動跟我說話時，就會說不出話來。

「早。」公司另一位李小姐跟我打招呼。
『早啊。今天的天氣真不錯。』我說。

「休假兩天，應該有出門好好玩一下吧。」

『哪有時間玩啊，而且也沒錢可以出門去玩。真可謂：清風雖細難吹我，
　明月何嘗不照人。』

「你好屬害，每天都剛好在八點出現。」

『準時上班是真理，拿公司微薄的薪水便想偷懶是人之常情。我是學科學
　的人，當真理與人情發生衝突時，總是站在真理這一邊。』

我的個性是如果不漂亮的女孩主動跟我說話時，就會囉囉嗦嗦。

坐進位子，打開電腦。趁著開機的空檔，調整上班的心情。

看著電腦裡的東西，覺得很陌生，好像上次看到時已是八百年前的事。

這也許是因為前兩天在自己架構的世界悠遊，而現在又回到現實生活。

電話突然響起，我又嚇了一跳。

「你來一下。」老總的聲音。

我心情有點忐忑，因為上次幫他到市政府開會的事。

他該不會因此而被冠上環境的屠夫或生態的殺手之類的封號，

於是找我算帳吧？

「這件案子你看一下，看可不可行。」老總拿一份招標文件給我。

『喔。』我暗叫好險，然後翻一翻文件的內容和要求的工作項目，

『第四個工作項目不好做；第六個的話，我們應該做不到。』

門外傳來細碎的敲門聲，曹小姐走進來。

「這是剛收到的傳真。」她先朝我點點頭，再將傳真放在桌上。

「嗯。」老總抬頭看了一眼，又將目光回到招標文件上，「這個⋯⋯」
準備要離去的曹小姐，以為老總還有吩咐，便停下腳步。
「我們真的接不下這個案子？」老總看著我。
『未必。』看了曹小姐一眼後，我說。
我的個性是如果漂亮的女孩在旁邊而且不主動跟我說話時，就會逞強。

「喔？」老總有些疑惑，「你不是說第四個工作項目不好做？」
『確實不好做。』我神情肅穆，『但我一定盡力而為。』
「那第六個工作項目不是做不到嗎？」
『應該做不到。』我慷慨激昂，『不過事在人為。』
「很好。」老總笑了笑，「你真是年輕有為、大有作為。」
再多說一點嘛。
曹小姐也笑了笑，對我說：「加油哦。」
我感覺我的血液已經沸騰。

曹小姐走後，老總說：「那這件事就交給你了。」
『交⋯⋯交給我？』我的血液迅速結冰。
「是啊。既然你這麼有信心，當然就由你負責。」
『這個⋯⋯』我囁嚅地說，『信心跟衝動是兩回事。』
「什麼？」

『我剛剛太衝動了。』我小聲說，『這個案子我們沒辦法做。』
「你說什麼？」老總的音量提高，又開始像隻激動的鳥。

『年輕人難免衝動，這種心情你應該能了解。』
「我不了解！」老總拍拍翅膀站起身，把招標文件丟到我面前，
「總之你下禮拜一給我寫完服務建議書！」

事情大條了。
走回辦公桌的路上，猛捶自己的腦袋，紅顏禍水啊。
我的個性是如果逞強逼出悲劇的話，就會覺得是別人害的。
回到座位，拿出那份招標文件。只看了幾頁，便開始唉聲嘆氣。
我幹嘛逞強呢？沒那種肛門就別吃那種瀉藥啊。

「咦？」李小姐經過我桌旁，「這個案子很難做哦。」
『嗯。』我點點頭。
「不過你應該可以搞定吧。」
『當然沒問題。』
看了看李小姐，我不禁悲從中來。
我的個性是如果連在不漂亮的女孩面前也要逞強的話，就會覺得悲哀。

「一起吃中飯吧。」李小姐說，「小梁和禮媽也要去。」
一聽到曹小姐的名字，我迅速站起身說：『好。』
難得可以跟曹小姐吃飯，我一定要掌握機會多說話，好好表現自己。
走出大樓後，小梁提議去吃有機蔬菜，我說：「幹嘛要吃素？」
「吃素好啊。」小梁說，「而且有機蔬菜無污染，不灑農藥。」
『如果是愛乾淨的猴子，在叢林中一定會很難過。』我說。

他們三人幾乎同時停下腳步，看著我。

「什麼意思？」小梁問。

『猴子整天在叢林裡盪來盪去，很容易弄髒啊，如果猴子愛乾淨，豈不是過得很痛苦？』我說，『習慣髒並喜歡髒的猴子才會快樂。』

「這跟有機蔬菜有什麼關係？」李小姐問。

『現在的蔬菜幾乎都灑農藥啊，而且食物也通常有化學成分。如果你從不吃含化學成分的食物，不僅沒抵抗力而且也很難找到東西吃。』

「原來如此。」小梁對我說，「所以你不是愛乾淨的猴子？」

『當然囉。』我說，『我已經習慣髒了，正朝喜歡髒的境界邁進。』

「可是我是愛乾淨的猴子呢。」曹小姐說，「而且我一直吃素。」

輪到我停下腳步，變成急凍人了。

「那我們去吃素，來不來隨你，不勉強。」小梁笑著說，眼神很狡黠。

混蛋，我被耍了。

我怎麼這麼迷糊呢？連曹小姐吃素這種基本資料都不知道。

頭皮尷尬得又麻又硬，不過這樣剛好可以硬著頭皮跟去。

進了那家標榜不含農藥的店，我們找位子坐下來。

我和李小姐坐一邊，小梁和曹小姐坐對面。

「禮嬣。」小梁拿起她的碗，「我幫妳盛飯。」

「謝謝。」曹小姐微微一笑。

可惡，竟然被搶先了。而且禮嬣是你這傢伙叫的嗎？

正在悔恨不已時，李小姐把碗遞到我面前。

『幹嘛？』我轉頭問她。

「幫我盛飯呀。」李小姐說，「連這個基本的紳士禮貌都不懂。」

『這麼小的碗夠妳吃嗎？要不要我幫妳換大一點的碗？』我說。

「你找死呀！」李小姐笑著拍一下我肩膀。

菜一道道端上來，但我覺得每道菜的味道都差不多，於是吃得有些悶。

夾起一根長長的東西，卻掉了兩次，索性放下筷子，用手拿著吃。

「果然是不愛乾淨的猴子喔。」小梁笑著說，「怎麼用手呢？」

『用手跟愛不愛乾淨有什麼關係？』我說，『這些菜在煮好端上來之前，
　　已經不知道被廚房內多少隻手碰過了，你還不是照吃。』

「那不一樣啊。」

『哪裡不一樣？你真是執迷不悟。印度人老早就看破這點，所以才會用手
　　吃飯。正因為他們頓悟較早，所以釋迦牟尼佛才會出現在印度啊。』

我說完後，他們三人又楞住了。

「還是用筷子吧。」過了一會，曹小姐對我說。

「對啊！」小梁立刻接著說：「印度有釋迦牟尼，但我們有孔子啊！難道
　　孔子會輸釋迦牟尼嗎？更何況筷子是我們的國粹！」

什麼跟什麼嘛，胡說八道。不過我還是聽曹小姐的話，乖乖拿起筷子。

說來實在令人洩氣，我很迷糊、容易尷尬、愛逞強，

但卻不像小梁可以厚著臉皮。

「聽說周總叫你接一個很難做的案子？」小梁問我。

『難不難做是因人而異。』我看了他一眼，心裡開始戒備，

『就像狗很難制伏狼，但老虎卻可以輕易做到。』

「是喔。那得恭喜你了。」

『恭喜？有什麼值得慶祝的事嗎？』我說，『是不是你要辭職了？』

李小姐咳嗽一聲，好像噎著了，似笑非笑地看著我。

「周總上星期說過，」小梁繼續說，「接這種案子會有額外的獎金。」

『所以呢？』

「那今天這頓飯……」小梁沒把話說完，只是賊兮兮地笑。

『怎樣？』

「沒事。」小梁聳聳肩，「畢竟賺錢不容易。」

『今天我請客。』我說。

我的個性是即使明知對方用的是激將法，我還是會逞強。

結完帳，我身上只剩一百多塊。

走回公司的路上，愈想愈悶，過馬路時甚至想闖紅燈。

回到辦公桌，看到那份招標文件，雙腿一軟，癱在椅子上。

過了一會，心想得振作，要化悲憤為力量。

於是整個下午都在公司裡四處找資料，寫服務建議書。

狠狠伸了個懶腰，正準備呼出胸口那股鬱悶氣時，聽到曹小姐說：

「快五點了，怎麼還不下班？」

我嚇了一跳，直起身子，抬起頭看著她。

「我來跟你說我要下班了。」她微微一笑，「還有，謝謝你請吃飯。」

『不……不必客氣。』我說話還是吞吞吐吐。

「那，明天見。」她揮揮手，「Bye-Bye。」

我連揮手的動作都有些僵硬，好像右手已經被打上石膏。

而且Bye-Bye也因緊張而沒出口。

過了一會，李小姐也走過來說：「五點了，怎麼還不下班？」

『妳第一天認識我嗎？妳難道不知道我總是努力不懈、盡責敬業嗎？』

「我來跟你說我要下班了。還有，謝謝你請吃飯。」

『怎麼這麼客氣呢？一頓飯而已，不要放在心上。知道嗎？』

「那明天見。Bye-Bye。」

『Bye-Bye。』我用力揮揮手，『有空再來玩啊！』

再做一些收尾的工作，然後把招標文件收入公事包，離開公司。

走到那家咖啡館前十公尺，停下腳步。

今天要進去喝咖啡嗎？

我想還是不要好了。

右手舉起公事包遮住臉，放慢腳步，低著頭繼續前進。

雖然不想喝咖啡，但很想知道那個學藝術的女孩是否還在？

因此我的眼睛一直往右下角偷瞄。

當我瞄到一個直挺挺的腰部時，不由得停下腳步。

將公事包緩緩上移，依序看到胸部、肩膀、後頸、左臉……

沒錯，是那個學藝術的女孩。

她正低頭作畫。

我駐足半分鐘，決定壓抑想看她畫些什麼的念頭，繼續向前。

走沒幾步，迎面撞上一個人。

『對不起。』我說。

抬頭一看，竟然是咖啡館的老闆！

「為什麼不進來？」老闆說。

『今天有事要忙。』我有點不好意思，放下右手高舉的公事包。

但我突然想到，我幹嘛要覺得不好意思？我又沒欠他錢。

「進來吧。」

『不好意思，真的有事。』

「如果是因為上次的事，那麼我道歉。」

『上次什麼事？』

「我說你是處男的事。」

『喂。』

「其實我說錯了。」

『沒關係。知道錯就好。』

「事實上，沒有男人是處男。有的初夜給了左手，有的給了右手。」

『喂。』

亦恕與珂雪

「進來吧。」

『No。』

「幹嘛說英文？」

『我以爲你聽不懂中文。』

我和咖啡館老闆站在店門口，像兩大武林高手決鬥前的對峙。

高手通常是不輕易出招的，我們彼此都在等待對方先出招。

「我明白了。」過了一會，他終於出招。

『明白什麼？』我採取守勢，謹愼接招。

「你身上一定沒錢。」他凌空突擊。

『我有錢！』我因逞強，招式已亂。

「不然你一定很小氣。」他改攻下盤。

『我大方得很！』我收招不及，腳下踉蹌。

「那爲什麼不敢進來？」他化拳爲掌，氣聚丹田，直攻我胸前死穴。

『誰說我不敢？』我感到胸口一陣鬱悶，脫口而出：『我進去！』

「承讓了。」他抱拳行禮。

『……』

他走回店裡後，我還楞在當地，調勻一下內息。

我推開店門，直接走到她對面的位子，坐了下來。

「你前兩天怎麼沒來？」她問。

『因爲沒上班，所以懶得出門。』

「哦。」她又問：「你在這附近上班？」

『是啊。』我看了看她面前的畫本，問：『妳剛剛在畫什麼？』

「這兩天畫的東西不好，見不得人的。」她有些臉紅，急忙闔起畫本。

『妳為什麼每天都來這裡？』我說。

「這裡的視野很好。」

『視野？』我看了看窗外，『捷運站前，哪有視野？』

「很多人來來去去，我可以體驗一下生活呀。」

『生活？』我很疑惑，『在家裡也可以體驗啊。』

「如果藝術家整天待在家裡，很容易只活在自己架構的藝術世界裡，這樣
　可能會有偏執狂哦。」她笑了笑。

『可是在這裡只能看到人喔。』我又看了看窗外。

「人可是老天所創作的最複雜的藝術品呢。」她說，「雖然缺陷很多。」

「對了，你是怎樣生活呢？」

『嗯……』我想了一下，『我的生活很簡單，工作和放假而已。』

「你放假時做什麼？」

『我在寫小說。』話一出口，我便有些驚訝。

因為除了大東外，我是第一次跟人說我在寫小說。

「那很好呀。」她點點頭，端起咖啡杯，又喝了一口咖啡。

『妳好像不覺得驚訝。』

「為什麼要驚訝？」她的嘴唇離開咖啡杯，好奇地看著我。

『我是學科學的人啊，寫小說不是很奇怪嗎？』

「如果念法律的都可以當總統……」她放下咖啡杯，微微一笑，

「為什麼學科學的不可以寫小說？」

『說得好。』我豎起大拇指。

看來一直困擾著我的亦恕寫小說的理由，似乎有了簡單的答案。

她又凝視著窗外，過了一會，像突然想到什麼似的轉過頭，說：

「對不起。」她又吐了吐舌頭，「我習慣了。」

『沒關係。反正窗外的帥哥很多。』

「我才不是看帥哥呢。」她伸出食指，指向馬路斜對面，

「你看，我車子總是停在那裡。」

順著她手指的方向，我看到那輛曾看過的紅色車子。

『那裡不能停車啊。』

「我知道不能呀。」她笑得很神秘，「所以我得經常看著窗外，注意是否
　有警察出現呀。」

『原來妳上次急忙跑出去，是因為看到警察。』我恍然大悟。

「嗯。」她笑了笑，「我一面觀察人群，一面注意警察，這樣當我沉醉在
　美麗的藝術世界時，也不會忘了現實生活中還有罰單的殘酷。」

老闆端著咖啡走過來，把咖啡放在我面前，並瞄了我一眼。

我低頭一看，咖啡上面浮著的奶白色泡沫，構成一根手指的圖案。

老闆握住拳頭，把拳頭的中指指節接觸咖啡杯，看起來像比了根中指。

「很像吧。」老闆說完後，就走了。

可惡，這傢伙竟然把奶油弄成中指的樣子。

「老闆煮的咖啡很好喝吧？」她問。

『嗯。只可惜人卻怪怪的。』

「是嗎？」她笑了笑，不置可否，「不過他從不收我的錢。」

『這麼好？』我很驚訝。

「我都是用在這裡畫的圖，跟老闆換咖啡。」

『這樣喔。』我從公事包裡拿出那張萬箭穿心圖，笑著問她：

『不知道我這張圖能換幾杯咖啡？』

「只能換幾顆糖。」老闆打開桌上的糖罐，舀起糖加入我的咖啡杯。

我正想頂嘴時，老闆轉頭對她說：「妳的咖啡已經抵完了。」

「哦。」她應了一聲，「真遺憾，我原本想再喝一杯。」

「那妳只好現在開始畫。」老闆說。

『她付錢不行嗎？』我插進一句話。

「不行。」老闆說，「她不能用錢喝咖啡，只能用畫。」

『哪有這個道理。』

「如果你幫她付錢就可以。不過你並不是慷慨的人。」

『誰說我不是？』我又逞強了，『我幫她付！』

「謝謝。」她看著我，微微一笑。

這眼神很熟悉，好像她每次想畫東西時，都是這種眼神。

難道她又從我身上看出什麼了？該不會知道我是個逞強的人吧。
我突然驚覺，身上只剩一百多塊，根本不夠付兩個人的咖啡錢啊。
『妳等會。』我站起身，『我出去一下。』

準備拉開店門時，老闆的聲音從身後傳來，「你只有四分鐘。」
『什麼？』我轉過身。
「從磨豆到煮好咖啡，要四分鐘。如果你不能在這杯咖啡煮好前回來，那我會自己喝掉這杯咖啡。」
『你在開玩笑吧？』
「開始。」老闆轉身磨咖啡豆。

我衝出店門。
停在亮著紅燈的斑馬線上，還有 12 秒才會亮綠燈。
綠燈終於亮了。
我快步向前，衝到馬路對面，閃過一個垃圾桶後，再往右跑了七八步。
然後經過她的紅色車子，進入騎樓，跑過五家店面，來到提款機前。
喘口氣，掏出皮夾，抽出金融卡，放進提款機，輸入密碼，領兩千塊。
等提款機點鈔票，收好金融卡，拿了鈔票，放回皮夾。
所有的奔跑動作，反方向再做一次。

『多久？』一推開店門，我氣喘吁吁地問。
「三分四十六秒。」老闆說。
我鬆口氣，走回位子，坐下。

「你也違規停車嗎？」她笑著說，並從桌上抽出一張面紙給我。
我說不出話來，接過她遞來的面紙，開始擦汗。
「要開始畫了哦。」她說完便拿起筆，攤開畫本。
我停止擦汗的動作。

空氣又突然散發寧靜的味道，我甚至不敢用力喘氣。
原本注視著她的目光，也慢慢收回，偏向窗外，怕會驚擾她。
眼角餘光瞥見老闆把咖啡輕放在桌上時，趕緊轉過頭，
將食指輕觸雙唇比了個「噓」的手勢。
老闆竟然也跟我比同樣的手勢。
他轉身回吧台時，腳步輕而穩，看來他的輕功也不錯。

「畫好了。」她端起咖啡杯，喝了一口，表情先是驚訝然後得意，
「關羽初出茅廬時，酒尚溫時斬華雄。我畫完時，咖啡也還是熱的。」
『這是《三國演義》的描述，但其實是孫權之父——孫堅殺了華雄。』
「是哦。」她睜大眼睛，眨眨眼，「這樣會不會有損於我的屬害？」
『不會。』我笑了笑，『妳還是一樣屬害。』
「謝謝。」她笑得很開心，反轉畫，輕輕推到我面前。
我看到一艘船，船邊有隻吐著舌頭的海豚，似乎正在奮力游著。

『海豚為什麼要吐舌頭？』我問。
「因為很累呀。」
『累？』

「海豚喜歡繞著船隻游泳嬉戲。但如果碰到一艘很大的船或是開得很快的
　船，那麼堅持要繞船游泳的海豚，不就會游得很累很喘？」
『所以這張畫的主題是？』
「逞強。」
我果然又被她看出來了。

「這張圖可抵9杯。」老闆又突然出現在我們旁邊。
「那就8杯吧。」她說。
「嗯？」老闆揚了揚眉毛，似乎驚訝她竟然不討價還價。
「只能是偶數。」她笑了笑，指著我，「這樣我才能跟這位逞強的海豚，
　一人一半呀。」
老闆看了我們一眼，說：「好。」

「學科學的人。」她站起身，「以後別太逞強，這樣會很累哦。」
『嗯。』
「那麼明天……」她拖長尾音，「見？」
『這個嘛……』
「你忘了學科學的人應該有的霸氣了嗎？」
『好。』我拍拍胸脯，『明天見。』
「你又逞強了。」她揮揮手，說：「Bye-Bye。」
她拉開門離去時，門把上的鈴鐺聲聽起來很興奮，並不尖銳。

她剛離去，我立刻起身走向吧台結帳。

「你以後還是常來吧。」老闆說，「你在的話，她畫的圖會更好。」

『是嗎？』我想了一下，『你算便宜一點，我就常來。』

「好。」他倒是想都沒想。

『眞的假的？』我有些懷疑。

「如果你能讓她開心，我一輩子幫你煮咖啡都甘願。」

說完後，老闆便轉過身洗杯盤。

我拉開店門時，門把上的鈴鐺聲聽起來，卻很困惑。

追求

連續幾天，我的腦袋過著水深火熱的日子。

白天用淺顯精確的文字構成服務建議書的內容；

晚上則用感性柔軟的文字書寫《亦恕與珂雪》。

「她轉身離去的那個冬天，氣溫寒冷異常，彷彿她的背影帶走所有溫暖。

　而從我眼角不經意溢出的淚，也迅速在心裡結冰。」

這是只在晚上才可以出現的文字。

如果在白天，我不會把異常寒冷的冬天歸咎於愛人的離去；

我只能由推論得出，那是因為反聖嬰現象（La Nina）讓冬天更冷。

而我待在那家咖啡館的時間，正好是日夜即將交換的時段。

這幾天學藝術的女孩都比我早到，如果她看到我，會跟我招手；

如果沒看到我，我也會主動坐在她對面的位子。

當她看著窗外或低頭畫畫時，我會從公事包拿出服務建議書繼續工作。

偶爾我們說說話、聊聊天，話題通常圍繞著她的藝術世界。

說來奇怪，我一跟她說話時，思緒常會進入《亦恕與珂雪》。

回到家後，我會關在房間內，坐在電腦前。

先甩掉白天時應用大量邏輯文字所產生的厚重感，準備寫小說。

這有點像從戰場歸來的武士脫去一身盔甲，開始磨墨畫畫。

如果累了，就狠狠伸個懶腰，或是看著牆壁發呆。

我的房間採道家式裝潢，以無為而治作原則，因此牆上沒任何東西。

起身走出房門，看見大東與小西正在客廳看電視。

大東苦著一張臉，小西的臉則像是新聞主播在報導空難時的臉。
我腳步放輕，慢慢走近冰箱。
「喂。」我拿了罐咖啡走回房間時，大東叫住我，「坐下來看電視。」
『我要回房間寫小說。』我沒停下腳步。
「現在不要寫小說，來看電視！」大東看著我說。
「爲什麼，你要妨礙，別人的，自由意志呢？」小西看著大東說。
『……』我看著大東與小西，不知道該向誰說。

「我只是要他別太累，偶爾看點電視休息一下。」大東囁嚅地說。
『你不是老是叫我要……』
我說話的同時，大東對我搖搖頭，並伸出右手食指。
他的意思應該是說可以抵銷掉一天的房租吧？
『要好好照顧身體嗎？所以我決定聽你的話，休息一下，看電視。』
我的反應還不錯，講話像緊急煞車後突然右轉的車輛。

我坐在大東與小西的中間，轉頭輕聲問大東：『是一天嗎？』
大東點點頭。
我很開心，又轉頭朝小西說：『妳怎麼不天天來呢？』
「你歡迎，別人不見得歡迎。」小西似乎很哀怨。
「亂講！」大東提高音量，「我很歡迎妳啊。」
「揚帆而去，是離開陸地，不是歡迎沙灘。」小西竟然說了深奧的話。
「我……」大東漲紅了臉，說不出話。
『這樣太浪費了。』我脫口而出。

大東和小西同時轉過頭，疑惑地看著我。

這樣當然浪費啊，因為他們再怎麼爭執，我都只能抵銷掉今天的房租。

最好是小西天天來，然後每天出點小狀況，那麼我就不必繳房租了。

不過我當然不能告訴他們這其中的奧妙。

『這齣韓劇在演什麼？』我指著電視。

我的個性是如果講話太快說錯話，就會轉移別人的注意力。

「男主角是有婦之夫，女主角愛上他……」大東一面指著電視一面說：

「而這個男配角喜歡女主角。現在他正要阻止女主角跑去找男主角。」

大東說得很詳細，但我只是隨口問問，並不感興趣。

「妳難道沒有自尊了嗎？」電視中男配角拉住女主角的手，氣急敗壞。

「不，自尊是我僅有的東西。」女主角回過頭，神情很堅定，

「所以我能為他拋棄的，也只有自尊。」

「嗯，這對白不錯。」大東轉頭對著我說：「你要多學學。」

『喔。』我應了一聲。

「我跟女主角，心情好像。」小西突然開口。

「不要胡說八道。」大東說。

「揚帆而去的人，總是聽不到，沙灘的哭泣。」小西又說了深奧的話。

我像是走進一間很臭的廁所裡一樣，不敢用力呼吸。

看來今天的房租真不好賺。

78

不過拿人錢財與人消災是眞理；在尷尬的場合中裝死是人之常情。
我是學科學的人，當眞理與人情發生衝突時，總是站在眞理這一邊。

於是我伸出手指，「啵」的一聲，打開手中的罐裝咖啡。
『啊！什麼都不要，就是要咖啡！』我喝一口後，轉頭問大東：
『你不是叫我想咖啡廣告文案？這句 slogan 如何？』
「咖啡又不是運動飲料或機能飲料，怎能用『啊』來表達暢快感。應該要
　表達一種優雅的感覺，好像喝咖啡後就會世界和平那樣。」
「那你聽聽這句 slogan。」小西插進話，大東好奇地望著她。
「揚帆而去的人，請別忘了，沙灘上的咖啡香。」
大東，對不起。沒幫到你，反而又讓小西說了深奧的話。

客廳的僵持氣氛，一直持續到那齣韓劇播完。
「我要回去了。」小西說。
眞是天籟啊，我不禁鬆了一口氣。
「妳要走了嗎？」大東站起身，「我送妳。」
「不用了。」小西直接走到門邊，打開門，回頭說：
「揚帆而去的人，何必在乎，沙灘是否有貝殼的陪伴。」

小西才關上門，大東立刻跟我說：「喂！貝殼。快跟上去。」
『貝殼？』
「我是揚帆而去的人，你當然就是貝殼。」大東甩甩手，「還不快去！」
我迅速起身，跑出門，在電梯口追上小西。

小西看到我時略感驚訝，但並沒說些什麼，只是微微一笑。
電梯來了，我隨著小西走進，我們仍然沒有交談。

一路上，我始終待在小西身後一步的距離，安靜地尾隨她前進。
「聽大東說，」小西突然停下腳步，回過頭，「你在寫小說？」
『嗯。』我又往前跨了一步，剛好與她並肩。
「喜歡嗎？」小西說。
『喔？』我楞了楞，『這我倒沒想過。』
「大東很喜歡。」小西說。
我沒回答，開始想著我到底算不算喜歡寫小說這個問題。

「自尊是我，僅有的東西。所以我能為他拋棄的，也只有自尊。」
小西講了這句剛剛電視上韓劇的對白，我楞了一下。
「我常常羨慕，電視中的人物，可以只為了，一種理由，簡單地活。」
小西仰望著夜空，「不像現實中，生活的理由，總是複雜。」
『現實中的生活可能更簡單，完全不需要理由，只是活著而已。』
我笑了笑，『又或者活著的理由，只是因為不想死。』
「哦？」小西也笑了笑，「很古怪的想法。」

「我希望，能過一種，穩定而簡單的生活。」小西說，
「大東的生活方式，讓我覺得，不夠穩定。」
小西放慢腳步，一步一步踩著地面，像酒醉的人努力尋求平衡。
「我好像踩在甲板上，雖然仍是地面，卻隨時感到，波浪的起伏。」

我雖然不能理解小西的感覺，卻可以想像。

「就到這裡吧。」小西笑了笑，「我自己坐捷運回去。Bye-Bye。」
『好。』我看看四周，已到了捷運站門口，『Bye-Bye。』
回去的路上，我繼續想著我喜不喜歡寫小說這個問題。
打開門，還沒坐下，大東就問：「她還好吧？」
『還好。』我坐了下來，『你怎麼惹她不高興？』
「剛剛我和她看電視時，看到一個美白化妝品的廣告，她說她想買。我說
　幹嘛買？多看幾部恐怖片，臉就會變白了。」

『哇！這句話有五顆星喔！』我哈哈大笑。
「我是開玩笑的。沒想到她就開始不高興。」
『你不適合開玩笑。狗啊猴子啊開起玩笑會很好玩，但烏龜開玩笑的話，
　場面就會很冷。』
「胡說。」大東瞪了我一眼，「她只要不高興，接下來我們不管談到什麼
　東西，她總是會將話題導向要我好好找個穩定的工作之類的。」
『小西可能練過如來神掌第十八式萬佛朝宗。』我笑了笑，『然後呢？』

「然後我們愈講愈僵，她就生氣了。」
『小西希望你能穩定一點。』我想起小西剛才的話。
「我知道。」大東很無奈，「她是國小老師，每天十點多睡覺，早上不到
　六點就起床，而我卻習慣夜生活。當初要離開廣告公司，她就很反對，
　這些年來總是要我找個固定的工作。可是我真的很喜歡寫東西。」

『為什麼喜歡？』

「喜歡哪有為什麼！」大東有點激動。

就像不能理解小西一樣，我不能理解大東的感覺，但還是可以想像。

回到電腦前，腦子還在消化大東和小西剛說的話。

小西跟大東從學生時代就在一起，感情算久。

她是個很傳統的女孩，感覺上似乎是很會相夫教子的那種類型。

據大東說，小西以前很欣賞他的寫作才華，

那為什麼小西現在反而因為大東的寫作而不安呢？

「喂，要不要出去喝點東西？」大東敲了敲我房門，隔著房門對我說。

『可是現在很晚了。』我看了看錶，已經12點多。

「可是我想請你喝耶。」大東又說。

『那有什麼好可是的。』我立刻站起身，打開房門。

我們到了一家Pub，通常在這個時候也只有這種地方還醒著。

所有的Pub都長得差不多，總是光線陰暗、音樂吵雜、

煙灰缸裡橫七豎八躺滿了一堆香煙屍體。

不過這家Pub可能音響設備不算太好，所以音樂並沒有放得很大聲。

而且音樂聽起來很慵懶，好像演奏者是穿著睡衣在錄音。

我們坐定沒多久，只講了兩三句閒話，大東便朝門口方向招了招手。

我轉身一看，有一男一女走近我們桌旁，然後也坐了下來。

男的坐我對面，女的坐我旁邊。大東向我介紹這兩人是他的編劇朋友。

「今天的進度如何？」大東問他們。

「我早上上廁所時，就知道今天運氣很好，一定會寫得很順。」

男的開口回答，表情有些陰森，似笑而非笑。

女的沒答話，只是從皮包摸出一包煙，打開後拿出一根。

「為什麼？」大東問。

「因為我拉了『四條』。」男的說完後，嘿嘿笑著。

「你乾脆說你拉了『同花順』好了。」

女的很不以為然，叼著煙，點著火，冷冷地說。

我聽了這些對話後，不禁開始打量起這兩個人。

男的身材算是矮胖，而且脖子很短，下巴跟肩膀幾乎呈一直線。

他的頭髮很厚很多，但大部分的頭髮不是往上長，而是往左右兩側。

好像在兩耳旁包了一大團東西一樣。

眼睛又圓又大，鼻子是鷹勾鼻，嘴唇很薄，唇上有十幾根散亂的鬍鬚。

說話時臉會習慣性左右搖動，偶爾牙齒還咬住下唇，發出吱吱的聲音。

看起來有點像是貓頭鷹。

女的戴著一副黑框眼鏡，鏡片非常小，但與她的眼睛相比卻又足夠大。

臉蛋瘦長，兩頰稀稀落落的幾個紅點見證了青春痘曾經駐留的痕跡。

頭髮也很長，但似乎不怎麼梳理，任其自然流瀉在雙肩。

坐下時似乎總覺得椅子不舒適，常會不安分地扭動著腰、調整坐姿。

比較怪異的是，她總是仰頭向上吐煙圈，吐完後還會伸出一下舌頭。

感覺好像是眼鏡蛇。

「Jane，妳寫得如何？」大東問眼鏡蛇女。

「不要叫我Jane。」眼鏡蛇女又吐了個煙圈，「我改名了。」

「爲什麼要改？」貓頭鷹男問。

「Jane唸起來像『賤』，所以我改成一個很有氣勢的Katherine。」

「Katherine跟氣勢有關？」貓頭鷹男很好奇，臉又開始左右搖動。

「Katherine把中間去掉，像『King』的音，很符合我的王者風範。」

「是嗎？」鷹男的臉還是左右搖動著。

「這種姓名學的道理不是你這顆腦袋所能理解的。」蛇女瞄了他一眼。

『姓名學只對中文名字有效吧，英文也有姓名學嗎？』我忍不住發問。

鷹男和蛇女同時轉頭看著我，兩個人的眼神都很銳利。

我感覺我好像是這兩者共同的獵物——老鼠。

「中國的命理學博大精深，西方人當然也可以適用。」蛇女回答我。

「是這樣嗎？」鷹男咬著下唇，又發出吱吱聲。

「例如面相學上說，鼻頭豐滿圓潤是財富的象徵。希臘人的鼻子就是因爲
　又尖又挺，鼻頭沒什麼肉，所以希臘才會是歐洲貧窮的國家。」

蛇女將左手平放在肚臍的位置，左手掌背托著直立的右手肘，

兩手剛好構成一個90度角。而拿著煙的右手，手指彎成弧線。

雖然這種姿勢幾乎是所有抽煙女性的標準動作，但我此時看來，

卻很像中國武術中的蛇拳。

而鷹男的右手五指成爪，正敏捷地抓取桌上的薯條，像鷹爪功。

「聽妳在唬爛。」鷹男嚼了幾根薯條後，搖著頭說。

蛇女眉毛一揚，鷹男雙眼圓睜，鷹蛇對峙正要一觸即發。

大東輕咳兩聲，說：「言歸正傳，我們談劇本。」

鷹男和蛇女聽到「劇本」後，眼神都一亮，分別收起鷹爪和蛇拳。

「我覺得《荒地有情天》的名字取得不好，應該叫雪地才對。」蛇女說。

「願聞高見。」鷹男說。

「聽好。」蛇女說，「愛情應該要發生在寒冷的季節，才會更顯得溫暖。
　荒地有什麼？塵土到處飛揚只會讓眼睛睜不開而已，看得到愛情嗎？」

『可是很多愛情不都是因為眼睛被蒙蔽的關係？』我又忍不住說。

鷹男和蛇女又同時看我一眼，我下意識閉上嘴巴。

「荒地象徵著一片荒蕪，也許就像沙漠一樣。但如果在沙漠中出現因愛情
　滋潤而誕生的花朵，這意象不是很好嗎？」鷹男邊搖頭邊說。

「意象？」蛇女扭動著腰、調整坐姿，「我只能想像在沙漠中三天沒喝水
　的戀人，最後會為了一杯水而大打出手。」

「在雪地裡就會比較好嗎？」鷹男的搖頭速度加快。

「如果是受困在雪地裡的戀人，他們至死都是互相擁抱取暖的！」

蛇女呈90度角的兩隻手，顯得有些緊繃。

「沙漠的荒蕪意象才可以對比愛情的生機蓬勃！」

鷹男的右手又變成鷹爪，吱吱聲聽來很尖銳。

「雪地的寒冷感覺才可以產生愛情的經典對白!」
蛇女急速仰頭吐出煙圈,吐完後伸出了兩次舌頭,比平常多一次。

「對白?」鷹男停止搖頭,似乎有些疑惑。
「沒錯!」蛇女伸長腰,「只有經典的對白,才是愛情故事的王道!」
「沙漠的場景中也可以有經典的對白!」
「『我愛你,就像這漫天飛雪』跟『我愛你,就像這風沙滾滾』,哪一種
　對白才能凸顯愛情的浪漫?」
「但風沙滾滾可以凸顯激情!」鷹男弓起身子,大聲抗議。
「激情?」蛇女哼了一聲,「那乾脆叫荒地有姦情,或荒地有情夫。」
『哈哈。』聽到荒地有情夫時,我忍不住笑了起來。
笑了兩聲後,突然覺得不對,趕緊拿起水杯喝水,假裝很忙的樣子。

「好了,這個話題到此為止。」大東說:「我會再考慮一下篇名的。」
大東仍然沉穩的像隻烏龜,絲毫不被鷹蛇的搏鬥影響。
「Jane,喔不,Katherine。」大東微笑著,「先討論妳的劇本吧。」
「我現在的進度跟上次差不多,只是加強對白的部分而已。」
蛇女拿出三份文稿,一份拿在手上、一份遞給大東、另一份拋給鷹男。
鷹男探出右手,凌空抓住。

「喂。」蛇女轉頭跟我說,「便宜你了,你靠過來跟我一起看吧。」
『便宜嗎?我覺得很貴耶。』
「嗯?」蛇女好像沒聽懂。

『沒事。』我驚覺剛剛的話可能導致蛇吻，趕緊湊過身看她手上的稿。

他們三人開始討論起蛇女寫的場景、人物角色以及對白。

蛇女寫的故事和人物都很簡單，場景不多，卻有大量的對白。

而她的故事果然是發生在寒冷的季節，場景幾乎都少不了雪。

故事一開頭，便出現了一段話：

「最寂寞的人，是所有的人都不認為他（她）會寂寞的人。」

「這段話普普而已。」鷹男說。

「你懂個屁。」蛇女馬上回嘴。

鷹男的故事和人物明顯複雜許多，主要人物是一男三女。

場景圍繞著男主角的成長過程，橫跨的時間超過十年。

「一男三女？」蛇女哼了一聲，「這真的真爛。」

「這樣人物之間的衝突性才高。」鷹男說。

「拖了十年，真是不乾不脆、囉哩囉唆。」蛇女還是不以為然。

「這叫結構龐大！」鷹男又尖著喉嚨大聲說話。

在這段時間內，我通常只扮演聽眾的角色，很少開口。

他們討論時很專注，偶爾有爭執，但通常是屬於抬槓的那種。

由於明天還得上班，所以我頻頻偷看錶。

後來大東瞄到我的動作，說：「今天就到這吧。改天到我那裡再討論。」

走出那家 Pub，天氣有點冷，我不禁打了個噴嚏。

蛇女走近我，對我說：「天氣變冷了，多穿一件衣服，小心著涼。」

我嚇了一跳而且有些不好意思，臉頰微微發熱，說：『謝謝。』

「怎麼樣？」蛇女又說：「你是不是有點感動？」

『嗯。』雖然我點點頭，但很納悶她這麼問。

「這就是我剛剛說的，愛情故事應該發生在寒冷季節的原因。這麼簡單的
　對白，卻容易讓人感動。」蛇女咧嘴一笑，「如果我說：天氣變熱了，
　少穿一件衣服，小心中暑。你大概會想扁我吧。」

蛇女說完後哈哈大笑，露出兩排參差不齊的牙齒。

鷹男和蛇女走後，我和大東招來一輛計程車坐回家。

「他們兩個人還不錯吧？」在車上，大東問我。

『人還好，就是怪了點。』我說，『男的像貓頭鷹，女的像眼鏡蛇。』

「經你這麼一說，我也覺得好像。」大東哈哈大笑。

『他們是不是常常爭吵？』

「嗯。他們分別有某種程度的偏執，但有時反而可以有互補的作用。」

『偏執？』

「他們都很喜歡編劇，興趣、工作和生活都是編劇，難免會偏執。」

大東話似乎還沒說完，車子已到了住的公寓樓下。

進家門後，大東直接坐在沙發上，喘了口氣。然後說：

「他們的生活形態很簡單，而且通常為了寫東西而生活。雖然會嘗試新的
　生活形態，不過這是因為想取得新的體驗來寫東西。久而久之，難免會
　有一些偏執。只有你，才可以專心生活。」

『專心？』我也坐進沙發，『可是我現在也在寫啊。』

「你只是從生活中取材，並不是為了寫東西而生活。」

大東這些深奧的話，讓我坐在沙發上低頭沉思。

回房後，便直接躺在床上。

當我閉上眼睛時，隱約在黑暗中看到幾雙眼睛。

那是小西的眼睛，還有鷹男與蛇女的眼睛。

他們的眼神透著一種欲望，像是正在追求某樣東西。

小西要的應該是安定，而鷹男與蛇女呢？成就感？興趣的滿足？

那麼我呢？

我的個性是如果想事情想不出答案，就會想睡覺。

所以我很阿莎力地睡著了。

醒過來時，花了十秒鐘，才知道自己人在台灣。

以前不管早上起床後多麼混亂，總能剛好在八點進入公司。

但自從曹小姐稱讚我這種天賦後，我卻失去了這種天賦。

太刻意追求八點正進入公司的結果，反而讓我遲到了幾分鐘。

今天特地不看手錶，憑本能移動，反而又在八點進入公司。

難怪人家都說：人生總在刻意中失去，卻又在不經意中獲得。

「早。」曹小姐跟我打了聲招呼，轉頭看背後牆上的鐘，「好厲害。」

『哪裡。』我用力拉拉嘴角，露出形式上的笑容，掩飾一些緊張。

「我們來做個約定如何？」曹小姐笑說：「如果你以後在八點到八點一分

之間出現，我就唱首歌。但只能在這一分鐘內出現才有效哦。」

『我只要早點到，然後等八點再出現，妳不就得天天唱歌？』

「說得也是。」她低頭想了一下，「所以你不可以這麼做。」

『好。』

「那就這麼約定了。」

我往前走了幾步，愈來愈納悶，不禁回頭問：『為什麼要這麼約定？』

「我一直覺得上這個班很好玩，如果再更好玩一點也無妨。」

曹小姐笑得很開心，我第一次看見她這麼笑。

『上班會好玩嗎？』

「雖然上班是工作，但我還是覺得好玩。」

『是喔。』我應了一聲，然後繼續往前走。

走了十多步，腦中好像聽到寫作者最好的朋友——靈感，正在敲門。

我轉身跑回曹小姐的位置，跟她說：『想不想聽故事？』

「嗯？」她抬起頭，表情有些疑惑。

『有個女孩為了可以天天跟喜歡的男孩見面，用聲音跟魔鬼交易，從此她每天只有一分鐘時間可以說話，她總是利用那一分鐘唱歌給男孩聽。』

「然後呢？」她眼睛一亮，似乎很感興趣。

『她唱歌的時間，剛好在晚上八點到八點一分。她每天都會唱歌，同一首曲子今天唱不完明天就接著唱，斷斷續續總共唱了幾十首歌曲。』

「真的嗎？」曹小姐直起身子，「然後呢？」

『那個男孩起先覺得很奇怪，後來不以爲意，最後便習慣聽她唱歌。』

「結果呢？」

『有一天男孩調到日本工作，女孩費盡千辛萬苦也跟了去。但是……』

「但是什麼？」

『男孩卻再也沒聽到女孩唱歌了。』

「爲什麼？」曹小姐終於站起來，身體並稍微往前傾。

『是啊，男孩在日本時也不斷問她：爲什麼不唱了？』

「那她爲什麼不唱歌了呢？」曹小姐似乎有些急。

「寫得如何？」

我正想回她話時，老總突然出現在我身後，問了我一句。

『對白還要加強。』

「對白？」老總歪著頭，「你在說什麼？」

『沒事。』我突然醒悟服務建議書不是小說，『我快寫完了。』

「今天已經是星期五了，記得下星期一要給我。」

老總丟下這句話後，就走進他的辦公室。

我也想走回我的辦公桌時，曹小姐叫住我：「你的故事還沒說完呢。」

『可是現在是上班時間。』我有些不好意思，但還是婉拒。

因爲上班時要專心工作乃是眞理，而我喜歡曹小姐勉強可以算是愛情；

我是學科學的人，當眞理與愛情發生衝突時，總是站在眞理這一邊。

「哦。」她有些失望，慢慢坐回椅子上。

我回到座位上，打開電腦，收拾一下桌面。

想到剛剛說給曹小姐聽的故事，其實那是我編造的。

可是在說故事的同時，我卻有一股以前從未有過的興奮感覺。

那是一種因為有人專注聆聽而產生的成就感與滿足感。

女孩為什麼不再唱歌了呢？是啊，為什麼呢？

中午休息時間到了，我不想出去吃飯，拿出一塊麵包將就著吃。

啃完最後一口麵包，起身想去倒杯水喝時，發現曹小姐站在我身後！

『嗚……』我差點噎著。

「不好意思，嚇到你了？」她說。

『沒關係。』我將口中的食物吞下後，說：『妳來多久了？』

「有好幾分鐘了。」她笑了笑，「看你忙，不敢吵你。」

『有事嗎？』

「我想聽故事。」

『原先男孩只是好奇女孩為何不唱歌，漸漸地，開始想念她的歌聲。』

我起身去倒杯水，邊走邊說，邊說邊想，而曹小姐一直跟在我身後。

『男孩渴望聽見她唱歌，愈來愈渴望，甚至覺得沒有她的歌聲，他就失去
   在生活中前進的力量。他終於發覺，他愛上了這個女孩。』

「但是女孩不唱歌了呀。那怎麼辦？」

『最後男孩在最容易發生奇蹟的耶誕夜裡，想盡辦法請她唱歌。但她只是
   一直搖頭、猛掉淚，還是不唱歌。』我倒了一杯水，喝完後說：

『男孩終於絕望，轉身離去。女孩始終淚眼朦朧，因此沒看到他的離去。
　等她擦乾眼淚時，男孩剛好走了一分鐘。』
「又是一分鐘。」曹小姐嘆了口氣。

『突然間，女孩開口唱歌了，而且愈唱愈大聲，她希望男孩能聽見。』
我也嘆了口氣，『可惜耶誕夜的街上太吵了，男孩沒聽見她的歌聲。』
「……」曹小姐似乎欲言又止。
『女孩只有一分鐘，唱完後便倒下。倒下的瞬間，男孩突然回過頭。』
「後……後來呢？」曹小姐問得小心翼翼。
『沒有後來了，故事結束了。』
「不可以！」曹小姐有些激動，「故事不可以就這麼結束。」
我有點驚訝，看了看她，沒有答話。

「禮嫣，一起去吃飯吧。」小梁這傢伙，不知道從哪裡冒出來。
「對不起。我現在沒心情吃飯。」說完後，曹小姐走回自己的座位。
小梁等曹小姐走後，問我：「你跟她說了什麼？」
『沒什麼。』我也回到我的座位，『跟她說個愛情故事而已。』
「是嗎？」小梁說：「是不是講你被拋棄的經驗？」
他哈哈大笑了幾聲，然後就走了。

下班時間到了，我只剩下一點點就可以寫完服務建議書。
原本想一鼓作氣寫完，但覺得眼睛有些累，決定下星期一再來收尾。
收拾好公事包，起身離開。經過曹小姐的座位時，發現她還沒下班。

『想不想知道為什麼女孩在日本時不唱歌？』我說。

「嗯。」她點點頭。

『日本的時間比台灣快了一個鐘頭，如果在台灣是八點唱歌，在日本就會
　變成是九點唱歌。因此女孩最後唱歌的時間，是九點正。』

曹小姐瞪大了眼睛，過了好一會，才說：「就這麼簡單？」

『是啊。故事總是擁有曲折的過程和簡單的結果。』

「你知道嗎？」她笑著說：「我無法客觀看待別人的心情，因為我容易被
　牽動。所以請盡量別跟我說悲傷的故事。」

『嗯。』我點點頭。

「約定還是算數，只要你在八點到八點一分出現，我就唱一首歌。」

『是哪一種八點？妳的錶？』我指著她背後的牆，『還是牆上的鐘？』

「有差別嗎？」

『妳忘了那個故事的教訓了嗎？』

「那就牆上的鐘好了。」她笑了笑。

我看一眼牆上的鐘，估計它和我手錶的時間差。

走出公司大樓，心情很輕鬆，如果吹來一陣強風，我也許可以飛起來。

除了困擾多時的服務建議書快寫完以外，說故事所帶來的興奮感還在。

經過那家咖啡館，直接推門進去，學藝術的女孩還在老位置。

「嗨。」她笑一笑，然後目光又回到桌上，「真是傷腦筋。」

『傷什麼腦筋？』我在她對面坐了下來。

94

「我想畫一張圖，圖名叫：現在。可是始終無法動筆。」

『爲什麼？』

「因爲當我開始畫時，就已經不是『現在』了呀。」她搖搖頭，

「所以我無法捕捉『現在』的感覺。」

老闆走過來，將Menu遞給我。

「你在高興什麼？」他問我。

『不可以嗎？』我指了一種Menu上的咖啡，然後將Menu還給他。

「只是好奇而已。」他收起Menu，「因爲我總覺得你是個悲哀的人。」

他轉身走回吧台，我很想朝他的背影比中指。

「喂。」學藝術的女孩叫了我一聲，「給點建議吧。」

『從科學的角度而言，當過去與未來兩時間點的距離趨近於零時，謂之爲
　現在。因此現在的特性就是它根本未曾眞確地存在。』

「是嗎？」

『嗯。所以妳畫不出來是很科學的。』

「那我就不畫了。」她闔上畫本，「藝術和科學果然還是有共通點的。」

『沒錯。』

我們同時笑了起來。

印象中，我好像沒有跟她這麼有默契過，即使我們認識也有一些時日。

每次碰面，除了說說話，就是看她畫畫，偶爾會一起看著窗外。

如果我們有了笑容，也是她笑她的、我笑我的，從沒同時笑過。

因此這次無預警的同時笑，好像讓氣氛變得有些異樣。
於是我們笑了一陣後，同時將視線朝向窗外，卻又造成另一次默契。

「你今天為什麼這麼高興？」過了一會，她將視線從窗外轉回，
「是不是小說寫得很順利？」
『小說寫得還好而已。』我也將視線轉回，『可能是工作很順利吧。』
「工作順利只會讓你輕鬆，未必說得上高興。你一定還有其他原因。」

『我今天跟同事講了個故事，在講故事的過程中，感到一種興奮。』
「那很好呀，恭喜你了。」
『恭喜？』我很納悶，『為什麼要恭喜我？』
「你看看那些人……」她伸手指向窗外的捷運站，「他們在幹嘛？」
『走路啊。』我想都沒想。
「不要看他們的動作，注意他們的神情和樣子。有沒有感受到什麼？」

『嗯……』我看著在捷運站前出入的人群，凝視一陣子後說：
『他們好像在找些什麼，或是要些什麼。』
「我第一次到這裡時也有這種感覺，所以我那時畫了一張畫。」
她打開畫本，找出其中一頁，攤在我手心上，我趕緊用雙手捧著。

畫紙上的人奮力向上躍起，伸長著手努力想抓住懸掛在上方的東西。
那些東西的形狀很豐富，長的、短的、圓的、方的、扁的都有。

還有的像星星；有的像沙子；有的模模糊糊的，像陰影，看不出形狀。

『這是？』我看了一會後，問她。

「追求。」她說。

『所以這麼多的形狀是表示要追求的東西有很多種囉？』我說。

「嗯。有些東西雖然閃亮，但抓在手裡卻容易刺傷自己，像這些形狀尖銳
　的星星。還有的東西像沙子，抓得再緊還是會漏。」

『什麼東西像沙子？』

「感情呀。」她笑了笑。

『說得也是。』我也笑了笑，『那這些像陰影一樣的東西呢？』

「這是大部分的人一直想要的東西。」她的手指著畫上幾處陰影，

「大家只知道要抓，但其實自己也不知道那些是什麼東西。」

我看著她的畫，又想著她的話，入神了一陣，回神後問她：

『對了。妳剛剛為什麼要恭喜我？』

「在追求的過程中，因為用力，表情會很僵硬，也通常不快樂。」她說，

「而你在追求的過程中有快樂的感覺，不是值得恭喜嗎？」

『那我在追求什麼？』

「這得問你自己。」她笑說：「不過如果在追求的過程中感到快樂，那麼
　到底追求什麼，或者是否追求得到，就不是那麼重要了。」

『有道理喔。』我笑了笑，身體一鬆，靠躺在椅背。

她將「追求」這張畫翻到背面，然後問我：「這張畫叫什麼？」

『畫?』我很疑惑,『這是空白啊,完全沒畫任何東西。』
「不。這個叫『滿足』。」
『為什麼?』
「追求的反面,就是滿足。」她將手掌在空白的紙面上輕輕摩擦,
「而且如果什麼都沒有、什麼都不必追求,當然就叫滿足。」

『妳是開玩笑的吧?』
「是呀。不過雖然是開玩笑,還是有點道理。」她笑了笑,「不是嗎?」
『嗯。』我點點頭,『妳好厲害。』
我們同時端起咖啡杯,彼此都喝了一口後,又同時放下杯子。

「說真的,我也一直試著想畫『滿足』,但始終畫不出。」她說。
『真的那麼難畫?』
「嗯。滿足是因人而異的東西,羊認為每天都有吃不完的草就叫做滿足,
  但獅子可不這麼認為。」
『妳每天都能在這裡喝咖啡,難道不能說是一種滿足?』
「這確實很接近滿足的感覺。不過……」她朝吧台伸出右手食指,
然後笑了起來,「我總是喝完還想再喝,怎能說是滿足呢?」
『看來滿足真的很難畫。』
「嗯。而且如果很想擁有滿足的感覺,也是一種追求的欲望哦。」
『好深奧喔。』我也笑了笑。

她把玩著筆,眼睛盯住「追求」的背面,似乎又試著想畫「滿足」。

為了不干擾她，我將視線轉向窗外，竟看見對面有個警察。

『警察來了！』我壓低聲音，『快！』

「快？」她歪著頭，「快什麼？」

『快跑啊！』

「我是學藝術的，又不混黑社會，幹嘛要跑？」

『妳的車子啊！』我開始著急了。

「哦。」她也看了看窗外，「我扭了腳，所以……」

她的話還沒說完，我已經意識到她今天一定沒辦法奔跑。

於是我像一隻突然聞到貓味道的老鼠，反射性起身，拔足向外飛奔。

「砰」的一聲,我撞到桌角。桌腳摩擦地面也發出急促的嘎嘎聲。
那張桌子並沒有其他客人,桌上也沒杯盤之類的東西。
所以桌子只是受了驚嚇,但我的腰卻好痛。
我右手扶著腰,左手拉開店門,衝向馬路對面。
可是當我跑到馬路對面四下張望時,竟然沒看見她的車!

我沒花太多時間猶豫,右手按著隱隱作痛的腰,一面小跑步,一面搜尋。
來來回回好幾趟,還是不見她那輛紅色車子的蹤影。
只好偷偷跟在那個警察背後,也許他能幫我找出紅色車子。
因為在我的印象中,台灣的警察總能輕易發現任何違規停放的車子。
可是如果警察發現了紅色車子,我該做什麼或說什麼?

正在思考之際,那個警察剛好回過頭。
他的視線一接觸到我,似乎嚇了一跳,身子突然一彎,
右手迅速移到腰際準備拔槍。
我也嚇了一跳。
我們對峙了幾秒,他才直起身子說:「下次別隨便把手放在腰部。」
然後他轉過頭,繼續向前走。

我原先很納悶,想跟他說:阿 Sir,我腰痛,不行嗎?
後來仔細一想,才知道他應該以為我放在腰部的右手,像是要拔槍。
我暗叫好險,嚇出一身冷汗。
沒多久,警察上車走了,我還是沒看到紅色車子。

我右手仍然按著腰，慢慢走回咖啡館內。

『妳車子不見了。』我剛坐下，立刻跟她說。

「我剛剛本來要說：我扭了腳，所以今天沒開車來。但話還沒說完，你就
　急忙跑出去了。」

『啊？』我直起身，牽動到腰部，忍不住呻吟一聲，『唉唷。』

「撞到桌子是不是很痛？」

『還好。』我回頭指著被我撞了一下的桌子，『那張桌子妳也撞過。』

「嗯，我記得。」

我不禁回想起她第一次撞到我桌子的情景。

『咦？我記得當時妳好像沒有受傷？』

「是呀。」

『爲什麼會這樣？』

「因爲跑步也是一種藝術呀。」

『妳在說什麼？』

「你看過非洲羚羊跑步的樣子嗎？」

『在電視上看過。』

「牠們都是邊跑邊跳，不是嗎？」

『是啊。』

「我覺得羚羊的跑法很美，就學著這樣跑囉。」她笑得非常開心，

「所以你撞到腰，我撞到屁股。」

『不會吧？』

「你一定想不到藝術不僅是一種美，又可以防止運動傷害吧。」

『…………』

我揉了揉腰部，愈揉愈疼，左手想端起杯子喝口咖啡。

但老闆不知道從哪裡冒出來，伸手就把我面前的咖啡收走。

「咖啡涼了。」他說。

『誰規定咖啡涼了不能喝？我現在偏偏想喝涼掉的咖啡。』

「我幫你換杯熱的。」

『換？』我很好奇，『不用錢嗎？』

「不用。」他看了看我，「你還是堅持要喝涼掉的咖啡？」

『開什麼玩笑？咖啡當然是熱的好。』我說，『去煮吧，我等你。』

「還疼嗎？」老闆走後，我接觸到她的眼神，吃了一驚。

通常她的眼神很柔很軟，就某種抽象意義而言，她眼神的方向總是向下。

那是一種細心的眼神，一種仔細觀察或接收訊息的眼神。

這種眼神雖然專注，也可以看清任何東西，卻不必帶著感情。

可是現在她的眼神在抽象意義上，方向卻是向上。

這種眼神雖然也很專注，卻往往看不清東西，因為常會被感情牽動。

舉例來說，如果用抽象意義上向下的眼神看著雨天，

可以看到簷下的水珠、地上的漣漪；但向上的眼神卻總是模糊一片。

「喂，還疼嗎？」她見我沒反應，又問了一次。

『嗯。』我皺了皺眉。

「你為什麼要跑呢？」

『因為……』我想了半天，最後還是決定放棄，『不知道。』

「很乾脆的回答哦。」

『是啊。』

「謝謝你。」

『為什麼要謝我？』

「因為……」她也想了半天，最後還是說：「不知道。」

『很乾脆的回答喔。』

「是呀。」

我先朝她微微一笑，然後回過頭，往吧台方向望去。

也許老闆可以適時出現，來化解我和她都不知道該說什麼的窘境。

但他在吧台內東摸西摸，似乎還沒開始準備煮咖啡的意思。

我將頭轉回時，她將一張畫推到我面前。

「這是你剛剛跑出去時，我畫的。」她說。

我低頭看了看，看到畫紙上有一個人背對著我，跑過馬路。

他的右手按著腰，左手手指彎成勾，貼在眉上，似乎正在眺望。

而跑步的方向與眺望的方向並不相同，視線還要再往右偏移一些。

不必多想也知道畫裡的這個人是我。

『背部的線條好像很硬。』我指著畫說。

「因為你很專心，也很執著。」

『為什麼背部的旁邊還有三條彎曲的線？』

「這表示你很痛呀。」她笑了起來。

我突然覺得好像做了一件蠢事，臉上微微發燙。

「你不問我這張畫的名字嗎？」

『大概是衝動的傻瓜或是容易受傷的男人之類的吧。』我將視線離開畫。

「不。」她說：「這張畫叫滿足。」

『滿足？』我心頭一震，視線又回到畫上。

「嗯。對我而言，這就是滿足。」

我抬頭看了看她，她的視線卻停留在畫上。

「原先我不知道為什麼你急著跑出去，但當你跟在警察後頭時，我就知道
　你在做什麼了。知道了以後，就很感動。」

『那為什麼會叫滿足呢？』

「要達到滿足之前，得先經過感動呀。」她抬起頭，笑著說：

「而且長時間的滿足感很難擁有，滿足感通常只是片刻的事。」

『片刻？』

「嗯。我覺得感動了以後，一不小心，就有了滿足感。」她說，

「因為只是一瞬間的事，所以我立刻拿起筆，畫了這張畫。」

雖然我覺得畫名叫滿足有些牽強，但卻說不出個道理來。

「你是不是認為這張畫叫滿足不太恰當？」她說。

『嗯。』我點點頭。

「其實我只是把這一刻畫下來，提醒自己曾經感到滿足。」她笑了笑，

「而且我不希望你再為我這樣做，或是再受傷。既然我覺得這樣就夠了，
　為什麼不能叫滿足呢？」
我看了看她，又接觸到那種在抽象意義上，方向向上的眼神。

我突然覺得我不是做了件蠢事，而是一件具有某種象徵意義的事。
只是這個象徵意義目前看來還很抽象。
雖然我知道這件事不能代表什麼，但一定有某種力量讓我這麼做。
如果我知道這是什麼力量，我就可以知道我為什麼這樣做，
以及這樣做的象徵意義是什麼。
那麼這個象徵意義就不再抽象，而是可以具體被描述。
我的個性是如果覺得某樣東西抽象，就會說一些大家都聽不懂的話。

「我該走了。」她收拾好東西，站起身。
『妳的腳沒問題吧？』
「不要緊。」她走了幾步，「想不想看羚羊奔跑的樣子？」
『喂！別開玩笑。』
「呵呵。」她笑了兩聲，「我走了，Bye-Bye。」

她走後，我繼續思考著所謂抽象的象徵意義是什麼。
「咖啡來了。」老闆把咖啡放在我面前，我嚇了一跳。
然後他竟然在我對面坐了下來，我又嚇了一跳。
「對我而言，她喜歡喝我煮的咖啡，就是滿足。」他說。
『是嗎？』

「所以我並沒有再額外強求些什麼，不是嗎？」
我看了看他，不怎麼了解他所說的，也沒有答話。

喝完咖啡後，我離開咖啡館，走進捷運站。
近距離看這些來來往往的人，更能感受到他們的追求欲望。
或許他們之中，有人常會有片刻的滿足感，但總是稍縱即逝。
就像「追求」所畫的，需要追求的東西太多了，
滿足可能只是剛好抓住某樣東西時，瞬間的觸感而已。
「而且如果很想擁有滿足的感覺，也是一種追求的欲望哦。」
想到她說的話，又想到我跟這些穿梭的人都一樣，不禁暗自嘆口氣。

不，其實我可以不同的。因為她也說：「如果在追求的過程中感到快樂，
　那麼到底追求什麼，或者是否追求得到，就不是那麼重要了。」
想到這裡，我終於笑了起來。
剛好我的站到了，匆匆下了車，然後回頭看看又被列車帶著走的人。
我突然發覺，我彷彿可以讀到他們的某些感受。
這些罐頭內裝的到底是水果、魚還是肉塊，我已經隱約可以看出來。

我趕緊跑回家，立刻進了房間、打開電腦。
捷運站人群的眼神，和小西、鷹男、蛇女的眼神一樣，
都非常用力並且執著地追求某些東西。
而大東和曹小姐的眼神則少了點力道，但卻多了些快樂。
至於學藝術的女孩，雖然我不太清楚她要追求什麼；

但若那張「追求」的圖裡面畫的是她，我相信她一定是面帶笑容。

如果現實中的人物是這麼生活著，那麼小說中的人物也是如此吧？
而讓每個人因感動而產生的滿足，又是如何呢？
暢銷作家在五星級飯店渡假時喝到一杯昂貴的咖啡覺得滿足；
建築工人工作一天後在路旁涼水攤喝到一碗豆花也感到滿足。
作家和工人的身份、地位不同，咖啡和豆花的價格、味道也不同，
但滿足的感覺是一樣的，並不會因人而異。
也沒有因為誰的地位高、賺的錢多，誰的滿足感就會比較偉大的道理。

「杯子借一下。」
我正專注於《亦恕與珂雪》的世界中，突然聽到聲音，嚇了一跳。
回頭一看，更嚇了一跳，我看到蛇女正指著桌上的杯子。
我迅速站起身，神情有些慌張，說：『請。』
「我見你房門沒關，就進來了。」她彈了些煙灰在我的杯子裡。
『這是喝水用的杯子，不是煙灰缸。』我說。
「有煙灰缸的話，我還需要向你借杯子嗎？」
『這……』

「寫小說的人不能小氣，否則寫出來的故事格局便會不夠大。」
蛇女叼著煙，看著我：「怎麼了？是不是杯子捨不得借我用？」
『捨得，當然捨得。杯子送妳都沒關係。』
我的個性是如果別人說我小氣的話，我就會大方得近乎沒有天理。

蛇女走來走去，最後眼睛盯在電腦螢幕上，問：「你的小說篇名叫？」

我移動滑鼠，指向檔案第一頁，讓她看篇名。

「亦恕與珂雪？」她仰頭吐了個煙圈，「你果然不是專業編劇。」

『嗯？』

「如果取珂雪這種名字，那她的身體要健康一點，起碼沒有肺結核。」

『為什麼？』

「因為很可能會出現像這樣的對白：珂雪，妳怎麼咳出血了？珂雪！別再咳血了！」她哈哈大笑，「說這些對白的演員，一定想殺了編劇。」

被她吐槽，我有些尷尬，頭皮開始發麻。

「奶茶一杯15元，伯爵奶茶卻要35元；皇家奶茶更狠，要50元。」

蛇女仰頭吐了個煙圈，說：「同樣是奶茶，天曉得味道到底有沒有差別。但取不同的名字，價位便大不相同。」

『妳想說什麼？』

「真笨。」蛇女瞪了我一眼，「所以說，取名是很重要的。」

『咦？』我突然想到什麼似的急忙站起身，『為什麼妳會在這裡？』

「喂，你的反應也太慢了吧。」蛇女又往杯子裡彈了些煙灰，「我都已經進來這麼久，也跟你說了一會話，你竟然現在才問。」

『喔。』我抓了抓頭，覺得自己有些迷糊。

「你猜猜看，為什麼我會在這裡？」蛇女說，「但要運用想像力。」

我只想了幾秒，便說：『應該是大東叫妳過來討論事情吧。』

「這是正確答案,但卻不是運用想像力所得到的答案。」

『想像力?』

「嗯。」蛇女又點上一根煙,「沒有想像力,怎麼當編劇?」

『什麼是想像力的答案?』

「就是一般人較難猜到的答案,但又合乎情理。這樣在故事進行過程中,
　讀者不僅常有意想不到的驚喜,又會覺得恍然大悟。」

『是這樣喔。』

「嗯。」蛇女仰頭吐了個煙圈,又開口問:「為什麼我會在這裡?」

『這個嘛……』我想了一下,『自從妳上次見了我之後,妳就無法自拔地
　愛上我,因此妳假借要跟大東討論事情的名義,專程來見我一面。』

「這個答案不錯。」她拿下叼在嘴裡的煙,手指夾著煙,煙頭指向我,
「真是孺子可教。」

客廳傳來大門的開啟聲,蛇女皺了皺眉頭說:「白目的人來了。」

『誰?』

「你也看過的,一個人頭豬腦的傢伙。」

『喔。』我知道她說的應該是鷹男,『妳還沒看見,怎麼知道是他?』

「有些人跟大便一樣,你不需要看見,就可以聞到臭味。」

「喂!」鷹男的聲音從客廳傳來,「我聽到了!」

「嘿嘿。」蛇女仰頭狠狠吐個煙圈,伸了伸舌頭,說:「我們出去吧。」

蛇女拿起我的杯子,走出我的房間。

我和蛇女走到客廳，鷹男和大東坐在沙發上，鷹男瞪了蛇女一眼。
蛇女若無其事地走到鷹男旁邊，把杯子放在矮桌上，坐了下來。
然後她深深吸了一口煙，朝鷹男面前緩緩吐出。
鷹男右手揮了揮眼前的煙霧，大聲說：「喂！」
蛇女笑了笑、聳聳肩，把煙丟進杯子裡，杯子裡的水弄熄了煙蒂。
「剛剛製作人打電話給我，他說我們三個人的案子都通過了。」大東說。
「耶！」
鷹男和蛇女同時大叫一聲，並轉過身面對面，兩雙手互相緊緊抓住。

他們的眼神，應該是傳達出滿足的訊息吧。起碼這一刻是。
這應該是因為突然抓到長久以來一直追求的某樣東西，而感到滿足。
「喂，你抓著我的手幹嘛？」蛇女瞪了鷹男一眼。
「是妳抓住我的！」鷹男說完後甩開抓住的手，低頭看了看手心，
「哇！我的手會爛掉！」
「你說什麼？」蛇女站起身，兩手叉腰。

「先慢著鬥嘴。」大東說，「我的劇本比較趕，你們先幫我完成，再搞定
　你們自己的劇本。」
蛇女和鷹男聽完後，都點點頭，互望一眼後，不再說話。
『這麼好的消息，該請吃飯吧？』我說。
「你還沒吃飯嗎？」蛇女似乎很好奇，「知道現在幾點了嗎？」
我看了看錶，十點多了，我嚇了一跳，原以為才八點左右。
『那我自己去吃飯，你們慢慢聊。』

「喂。」蛇女叫住我,「為什麼這麼晚還沒吃飯?」

『我剛剛在寫小說,忘了時間。』我說。

「這是正確答案。但我要知道想像力的答案。」

『嗯……』我一面走回房間拿外套,一面想,再走出房間時,說:

『我知道妳會來,於是我等妳。在沒見到妳之前,我是吃不下飯的。』

「很好。」蛇女掏出一根煙叼上,「要繼續發揮你的想像力。」

「想像力?」鷹男搖搖頭,「那有什麼用?」

「你懂個屁。」蛇女斜過頭看著鷹男。

「我是不懂。」鷹男發出吱吱聲,說:「但我不管用哪種想像力,都無法把妳想像成美女。」

「再說一次。」蛇女咬斷嘴裡的煙,再吐出口中的半截斷煙。

『我走囉。』我很阿莎力地逃離這個即將衝突的場面。

我在街上走著,因為不覺得餓,所以就只是走著。

想到剛剛蛇女和鷹男那一瞬間的滿足神情,很羨慕。

蛇女和鷹男在日後回想時,還會記得他們曾短暫擁有滿足的感覺嗎?

我不禁仔細回想自己生命的軌跡,好像不記得有過滿足的時候。

或許有吧,只是現在不記得,或是發生的當下不覺得。

但不管是不記得或不覺得,都是一件悲哀的事。

還是趕快停止胡思亂想吧,再想下去也許會想跳樓。

至於滿足這東西，只要以後發生時，試著把它記下來就好。
想到這裡，便羨慕那個學藝術的女孩，因為她可以把滿足畫下來。
這樣起碼會有證據，證明自己曾經滿足過。
看了看錶，已經12點了。轉過身，朝原路走回去。

一打開門，碰巧鷹男和蛇女也要離開。
「你回來剛好。」蛇女把我的杯子還給我，「我幫你泡了杯茶。」
『這是什麼茶？』我看了看杯內的深褐色液體。
「如果是想像力的答案，這是普洱茶。」蛇女說完後走出門。
『那正確的答案呢？』我追出門，到了電梯口。
「尼古丁和焦油混在水裡所造成的。」
蛇女的聲音從快關上的電梯內傳出。

朝電梯比了個中指後，到廚房用力刷洗杯子，以免日後喝水會有煙味。
大東已經回房趕稿，剩我一個人在空蕩蕩的客廳。
肚子卻在此時開始感到飢餓，只好泡碗麵充飢。
等待麵熟的時間，又想到自己該對將來有些遠見，才能活得更充實。
但可惜我有深度近視，看不了多遠。

吃完泡麵後，正所謂：飽了肚子、空了腦子，於是便不再胡思亂想。
回房躲進被窩裡，便開始專心睡覺。
關於睡覺這件事，我一直是很有耐心的。
也就是說，我可以連續睡十幾個鐘頭的覺而不會覺得厭煩。

所以醒來後，已是下午時分。

我發呆了兩分鐘，等腦袋熱機後，確定今天是星期六，不用上班。

那個學藝術的女孩應該會去咖啡館吧？

我跳下床，沒拖太多時間，便出門搭捷運到那家咖啡館。

推門進去時，老闆跟往常一樣，不怎麼搭理我。

「今天是星期六。」老闆端咖啡來時，說了一句。

『我知道。』我抬起頭，『然後呢？』

「你一定不是為了我的咖啡而來。」

『那是當然。』

老闆看了我一眼後，轉身往吧台走去。

『不過……』聽到我又開口，老闆停下腳步。我接著說：

『你煮的咖啡真的很好喝，在台灣應該可以排到前十名。』

老闆沒有再轉過身，只是頓了頓，然後說：「你別指望我說謝謝。」

『無所謂。』我聳聳肩，『咖啡很好喝所以我該說實話，這是真理；但你
　　對我冷冷的所以我不想稱讚你，這是人情。我是學科學的人，當真理與
　　人情發生衝突時，總是站在真理這一邊。』

我隨手拿出一張白紙，試著想些情節來打發等她的時間。

無法專心時，就抬起頭看看窗外、吧台和她桌上「已訂位」的牌子。

我發覺這家咖啡館的客人還不少，只是我以前從未注意。

這些人的臉我應該看過，但我既不覺得熟悉也不覺得陌生。

我該不會也像她一樣，無法用臉來判斷每個人的差異吧？

「已訂位」牌子的顏色漸漸由亮轉暗，最後突然變成金黃色。

我抬頭一看，店內的燈打亮了，窗外的天卻黑了。

她今天應該不會來了。

我起身結帳，留下七張畫滿飛箭的紙在桌上，但小說進度一個字也沒。

回去的路上，剛好碰到小西，她兩手各提了一大袋東西。

『小西。』我打聲招呼，『真巧。』

「你怎麼，老叫我小西？」她笑了笑，把左手那袋東西拿給我，

「我來煮東西，給大東吃。」

『有我的份嗎？』

「都被你看到了，能不，邀請你嗎？」

『這……』我有些不好意思。

「開玩笑的。」她又笑了笑。

我們一進門，小西就開始忙裡忙外。

大東雖然走出房門，不過他手裡拿著稿子，坐在客廳埋頭苦幹。

我試著走到廚房幫小西，但她總是搖搖手，把我推回客廳。

感覺上在這種場景中，大東應該跑到廚房從背後環抱著小西的腰，

小西像被搔癢似地咯咯笑著，用手拿起一塊食物轉身，大東再張嘴吃下。

小西會問：「好吃嗎？」

大東則回答：「當然好吃，不過最好吃的是妳。」

小西最後嬌嗔地說：「討厭，你壞死了。」

一想到這裡，我渾身起了雞皮疙瘩。

我發誓絕不在我的小說中出現這種情節。

不然我一定無法原諒我自己，我的父母大概也不會原諒我。

家門不幸啊，搞不好我父母會這樣想。

「可以吃飯了。」小西的聲音傳來。

我停止胡思亂想，起身走向餐桌。

但大東卻要等到小西叫第二聲才緩緩起身。

這頓飯其實是很豐盛的，看得出小西的用心。

但大東似乎並不怎麼專心吃飯，甚至有些急。

我能體會大東這時急於趕稿的心情，也知道他很重視這次機會。

可是大東啊，請暫時把腦中的稿子拋去，看看面前的菜和小西的汗水，

這將是多大的滿足，你知道嗎？

「我吃飽了。」大東說。

「哦。」小西好像楞了一下，接著問：「好吃嗎？」

「嗯。」大東只點了個頭，直接走到客廳。

小西的右手僵在半空，筷子不知道是要放下來？還是繼續夾菜？

『妳煮的飯真的很好吃，在台灣應該可以排到前十名。』我說。

「哦。」小西回過神，微微一笑，「謝謝。」

餐桌上少了大東，我和小西很有默契地迅速結束用餐。

我準備收拾碗筷時，小西又將我推向客廳。

大東仍舊只專注在那一堆稿紙上，我忍不住便說：『起碼去洗碗吧。』

「啊？」大東抬起頭，眼神有些茫然，「你說什麼？」

我用手比了廚房的方向。

「等一下吧。」大東說：「我把這一個場景處理好再說。」

然後他又低下頭，直到小西洗完碗筷回到客廳坐下，他都沒抬起頭。

「我走了。」小西坐了一會，便開口說。

「不多留一會嗎？」大東終於又抬起頭。

「不用了。」小西站起身，「你別寫太晚，要早點睡。」

「喔。」大東只應了一聲，並沒有站起來。

小西遲疑了一下，再轉身走向門邊。

她關門的力道非常輕緩，關門的餘音聽起來似乎很幽怨。

我愈想愈覺得不忍心，起身追了出去，在巷口追上小西。

「真的好吃嗎？」小西問我。

『嗯。』我說。

我們並肩走著，約莫走了十多步，她開口說：「寫東西，真的很累吧？」

『應該吧。腦子裡常常裝滿文字，無法再容納任何東西。』

「哦。」小西放慢腳步，「當這種人的女朋友，一定更累。」

我楞了一下，看了一眼她的神情，沒有答話。

「我知道，寫東西對他而言，很重要。所以我一直試著體諒，努力包容。
可是⋯⋯」小西停頓了一會，才接著說：「可是，真的很累。」
我仍然沒有答話，因為我覺得小西這時說話的句子，很難找到句點。
「我只希望，放假時，他能陪陪我。」小西問我：「這樣，算自私嗎？」
『當然不算。』我說。
小西答謝似地笑了笑，說：「我會，再努力的。」

「你現在，有女朋友嗎？」過了彼此都沉默的幾分鐘後，小西突然問。
『目前還沒。』
「有喜歡的人嗎？」
『算有吧。』
「那現在的你，最幸福。」
『嗯？』
「喜歡很單純，在一起就複雜了。」
我並不是很清楚小西話中的意思。

「你覺得，如果大東沒有我，會不會，更好一點？」
『當然不會。』
「也許他這麼覺得。」
『妳別胡思亂想。』我倒是聽出這句話的意思。
小西沒答話，只是慢慢走著，停下腳步，仰頭看了一會後，說：
「沒有雲的天空，還是天空；沒有天空的雲，卻不再是雲了。」
小西又說了深奧的話。

坦白說，小西什麼都好，但卻有說深奧的話的壞習慣。

送走小西後，很想跟大東聊一聊，但他早躲進他房裡寫劇本。

大東曾跟我說，寫東西的人通常敏感，很容易被細微的事物影響。

可是為什麼寫東西的人很擅長察覺四周的細微擾動，

卻容易忽略身旁的人的感受呢？

難道說寫作者可以創作出一座森林，但往往會失去身旁的玫瑰？

腦子又打結了，在試著解開結的過程中，又想起那個學藝術的女孩。

她今天為什麼沒去咖啡館呢？

有些東西雖然沒有一定得存在的理由，但若不存在，卻讓人覺得奇怪。

沒跟她說上一會話，不僅小說進度會停滯不前，甚至我也會渾身不自在。

還是睡覺吧，我的床等我很久了，應該好好跟它談場戀愛。

一覺醒來後，發現時間還早，才剛過12點而已。

雖說還是假日，但實在沒有看電影或逛街的心情。

勉強待在電腦前寫小說，腦子卻好像便秘，始終無法拉出字來。

像隻困獸纏鬥了許久之後，終於氣力放盡。

離開房間，又到了那家咖啡館。

一推開咖啡館的門，便愣住了。

除了那張「已訂位」的桌子外，所有的桌子都有客人。

正不知該如何是好時，老闆向我招手，示意我走進吧台。

我走進吧台，老闆指著一個水槽，說：「把那些杯子洗一洗。」

『喂，我是客人耶！』

「你想等她，就待在這。不然就出去遊蕩。」

可惡，形勢比人強，只好脫掉外套、挽起袖子，在水槽洗杯子。

「洗完後，去幫客人加水。」老闆又說。

我開始穿梭於吧台內外，洗杯子、收盤子、端咖啡、加水。

今天店內的客人似乎是那種吃飽沒事幹的人，都賴著不走。

好不容易等到有人朝吧台招手，我立刻走過去問：『要結帳嗎？』

「我要續杯。」

『不要吧，咖啡喝太多不好。』我說。

「什麼？」

『沒事。』我趕緊收起桌上的空杯子，『濃度還是一樣嗎？』

「嗯。」

走回吧台的路上，我突然覺得我滿能勝任服務生的角色。

終於有一桌客人來吧台邊結帳，老闆幫他們結帳，我去收拾桌子。

「去坐吧。」老闆指著那張空桌。

『不用了。』我已經沒有喝咖啡的心情，『我就在這兒等吧。』

右手邊傳來「噹噹」聲，我順口說出：『歡迎光臨。』

說完後，自己嚇了一跳，我竟然這麼投入服務生的角色。

客人來來去去，窗外的陽光愈來愈淡，她還是沒來。

「我要開燈了。」老闆說。

我瞥了一眼窗外的灰，說：『開吧。』

老闆開燈後，走向唯一有客人的桌子，說：「抱歉，今天提早打烊。」

客人走後，老闆鎖上門，對我說：「我煮東西請你。」

『煮什麼？』我問。

「豬腳。」

『我不想吃。』

「是不是不想吃同類？」

『喂。』

「如果我的咖啡可以在台灣排前十名，那我的豬腳就可以排前三名。」

『那就煮吧。』我隨便選張桌子，坐了下來。

過了一段時間，老闆端了兩盤豬腳，坐在我對面。

沒有任何寒暄與客套，我和他開始吃豬腳。

「天已經黑了。」

『我知道。』

「她今天不會來了。」

『我知道。』

「明天我仍然會開店。」

『我知道。』

「一隻豬有四隻腳。」

『我知道！』

沒等到她已經夠心煩了，我可不想再多說一些沒營養的對白。
匆匆吃完豬腳準備要離去時，舌頭憶起剛剛豬腳的香味。
『豬腳眞的很好吃。』我說。
「我知道。」
『在台灣排前三名應該沒問題。』
「我知道。」

拉開店門，天已經黑透了。
我和老闆都知道很多東西，但應該都不知道她爲什麼沒來。
回到家後，完全沒有寫東西的心情，也不想說話。
坐在客廳看了一晚電視，廣告幾乎都會背了。
開始打瞌睡後，便慢慢走回房裡睡覺。

醒來後，才想起今天得把服務建議書給老總過目，
我還剩一點點沒完成，得好好振作才行。
一走進公司，看見曹小姐，立刻說：『早。』
我的手勢和聲音應該都很瀟灑，那是從昨晚電視的手機廣告學的。
再走沒兩步，突然傳來歌聲。

「如何讓你聽見我，在你轉身之後。
　我並非不開口，只是還不到時候。

每天一分鐘，我只爲你而活；

最後一分鐘，你卻不能爲我停留。

魔鬼啊，我願用最後的生命，換他片刻的回頭。」

曹小姐竟然在唱歌？

我楞住了。

從【滿足】的結尾，到【飛】的開頭。

「約定。」曹小姐說。

『嗯？』

「一分鐘。」

『啊？』

「八點正。」

『喔……』我終於記起來了，『對，沒錯。』

「你老是迷迷糊糊的。」她笑了起來。

『這首歌我沒聽過。』

「當然呀。這是我自己作的。」

『自己作？』

「嗯。」她說，「聽了你說的故事後，我以女孩的心情，寫了這首歌。」

『妳好厲害。』

「我是學音樂的。」她微微一笑。

我一定是太驚訝了，以致身體的動作完全停止，臉部的肌肉也僵硬著。

「好聽嗎？」她問。

『嗯？』我還沒回神。

「剛剛唱的歌好聽嗎？」

『很好聽。妳的歌聲在台灣應該可以排到前十名。』

「謝謝。」

走到辦公桌，靠躺著椅背，不知道發呆了多久，直到被電話聲驚醒。
我緊急煞住正下滑的身體，接起電話。
「服務建議書寫好沒？」老總的聲音。
『啊！』我慘叫一聲，『我竟然忘了！』
「忘了？很好。我也忘了要給你這個月的薪水。」
『別開玩笑了。』
「誰跟你開玩笑！」老總提高音量，「十分鐘後拿來給我！」

我趕緊打開電腦，但十分鐘實在不夠，只好先暫時把結論匆匆補滿。
慌忙走進老總辦公室，將服務建議書遞給老總，轉身要離開時，
他說：「先等會，我看看再說。」
我不敢找椅子坐下，在辦公室內緩緩來回踱步。
「你昨天去了動物園嗎？」他問。
『沒有啊，為什麼這麼問？』
「你走路的樣子，像動物園裡的猩猩。」
我停下腳步。不過我開始放輕鬆了，因為老總心情好時才會有幽默感。

「坐吧。」老總說完後，我依言坐下。
他用紅筆在文件上畫來畫去，偶爾跟我討論一下內容。
「禮嫣。」他拿起電話，「麻煩幫我泡杯咖啡。」
我心想擺什麼老闆架子嘛，要喝應該自己去泡啊。

「不然你去泡。」他抬起頭。

『我沒說話啊！』嚇死人了，他怎麼知道我在想什麼？

「你的眉毛說話了。」

這麼神？難怪人家當老闆，而我卻在跑江湖。

曹小姐端了咖啡進來，放在桌子上後，朝我笑了笑。

「請你解釋一下，」老總指著一段文字，說：「這是什麼意思？」

那是結論的部分，我剛剛胡亂填上的。

「青山啊，青山依舊在；夕陽啊，幾度夕陽紅。」

沒想到曹小姐低下頭唸了出來，然後抬起頭疑惑地望著我。

『嗯……』完蛋了，又要出糗了，我不由自主地抓起頭髮。

「不要走路像猩猩、抓頭也像猩猩！」老總又大聲了。

『這要用點想像力才能理解。』我說。

「我不要想像力，我要正確答案！」

老總拍桌而起，桌上的咖啡杯微微晃動，灑出幾滴。

『我們一定要做好水土保持，青山才會永遠是青山。而世世代代的子孫，
  也才可以欣賞到美麗的夕陽。』

老總聽完後，先是一楞，再緩緩坐下說：「真是至情至性的文字啊。」

『哪裡。』我有些不好意思，『寫得普普而已，不算好。』

「笨蛋！」老總又站起身大聲說：「你分不出讚美和諷刺嗎？」

『這……』

「這是一份正式的報告，你以為在寫小說嗎？」

「算了。」老總坐了下來，「你回去把該改的部分改掉，下午再給我。」
我拿起桌上沾了咖啡滴的文件，跟曹小姐點個頭，轉身離開。
「其實這份服務建議書，你寫得不錯。」老總的聲音又在背後響起。
『這是讚美，還是諷刺？』有了剛才的經驗，我小心翼翼回過頭發問。
「當然是讚美。」
『如果是諷刺，就要明說喔。不要不乾不脆的。』
「你說什麼？」
『我走了。』我知道說錯話了，一溜煙離開老總的辦公室。

站在辦公室門外，我拍拍胸口暗叫好險。
「你好像常常挨周總的罵？」曹小姐不知道什麼時候已站在我身旁。
『不是常常，偶爾而已。』
「挨罵的感覺很不舒服吧？」
『是啊。』
「我想也是。」
我很好奇地看著她，覺得她的問話和回答都很奇怪。
「覺得奇怪嗎？」她笑了笑，「因為從小到大，我好像沒挨過罵。」

『是嗎？』我更訝異了。
「嗯。」她點點頭，「所以我反而希望也挨點罵。」
『要挨罵很簡單啊，妳現在大聲唱歌就會挨老總的罵了。』

「會嗎？」她清了清喉嚨，「啦啦啦啦……啦！」

最後一聲「啦」還特別響亮。

『快閃！』我想都沒想，趕緊拉著她逃走。

「眞好玩。」她竟然還面帶笑容。

『別玩了，快回座位去。老總眞的會罵人耶。』

她又笑了兩聲，走回她的座位。我也回到座位，修改服務建議書。

這幾天用了太多想像力，所以有些文字看起來很不科學。

「生命也能這麼深嗎？」這句很怪，生命不是長度，怎能用深來形容？

我把老總所謂的至情至性的文字改掉，中午時分左右，便大致搞定。

起身準備下樓吃中飯，在電梯口，幸與不幸同時跟我招手。

不，我的意思是我同時看到曹小姐與小梁。

「一起吃飯吧。」曹小姐說。

「想清楚喔。」小梁嘿嘿笑著，「不要委屈自己吃素。」

『不會啊。把自己想像成一頭羊，就會很快樂了。』

「可是你說過你是不愛乾淨的猴子，怎麼又變成羊了？」小梁說。

『不要太拘泥了，眞理是以各種形式存在於日常生活中。』

「又在胡說八道。」李小姐突然從後面出現，在我的後腦勺敲了一記。

『妳也要去？』我摸了摸後腦勺。

「不要以為我出場機會比較少，就可以忽視我的存在。走，吃飯去。」

我們四個人去吃素食自助餐，一人一份的那種。

吃飯時我一直在想曹小姐是學音樂的以及她從未挨罵這兩件事。

「喂，有心事嗎？」李小姐用手肘推了推我，「怎麼都不說話？」

『沒什麼。想些事情而已。』我說。

「在想什麼呢？」曹小姐問。

『我很好奇爲什麼妳是學音樂的？』

「妳是學音樂的？」李小姐和小梁幾乎異口同聲。

曹小姐點點頭。我暗自扼腕，原本這應該只是我知道的事。

「這有什麼好訝異的？禮媽的氣質這麼好，當然是學音樂的。」

小梁看了看我，「如果你是學音樂的，那才值得訝異。」

『萬一我真的是學音樂的呢？』

「我不敢想像。」小梁說，「那應該是個悲劇。」

「搞不好是個災難。」李小姐說。

「也許是個笑話哦。」曹小姐竟然也說。

沒想到今天是以一敵三，我只好把嘴巴閉得更緊了。

我的個性是如果必須以寡敵眾的話，就會識時務者爲俊傑。

我匆忙扒完了飯，跟他們說要先走了，起身離開那家餐廳。

走出店門才十多步，曹小姐便追了上來。

「剛剛真對不起。」她的聲音帶點喘息，「我是開玩笑的。」

『喔。』我笑了笑，『我知道啊，沒事的。』

「那就好。」她也往前走，並沒有又要回去吃飯的意思。

我們並肩走了一會，我忍不住便問：『妳吃完了嗎？』

「還沒。」

『那妳回去吃吧，我自己先回公司。』

「可是我覺得讓你一個人走回公司是不對的。」

『妳就當作我有事要忙，所以先走一步。』

「當作？」她問：「那表示事實不是這樣？」

『嗯……』一件簡單的事變得這麼複雜，我一時也不知道該說什麼。

「如果有什麼不愉快的感覺，一定要明說哦。」

『我一直都在明說啊。』

「我還是陪你走回公司吧。」她下了結論，態度還滿堅決的。

以前老是期待能跟曹小姐並肩走一段路，現在機會眞的降臨，

卻覺得自己走路的樣子像電池快沒電的機器人一樣。

電池似乎已經沒電了，我晃了晃後停下腳步。

『想聽故事嗎？』我說。

「想呀。」她笑得很開心。

『是一個關於"明說"的故事。』

「好。我洗耳恭聽。」

看見她的樣子，我的四肢又活過來了，甚至不再像機器人的僵硬擺動。

『有一對認識很久的男女，他們彼此愛慕，卻從不明說。』

「嗯。然後呢？」

『後來男孩要出國留學，臨行前他鼓起勇氣問女孩：妳心裡有沒有什麼話
　要告訴我？』

「女孩怎麼說？」

『女孩說：我要說的，就是您。』

「您？」

『嗯。』

「什麼意思？」

『男孩也不懂。但女孩說來說去還是那句：我要說的，就是您。』

我們走到公司樓下的電梯口。曹小姐問：「後來呢？」

『男孩出國後，他們常藉由 E-mail 聯絡，女孩總在信件結尾署名：您。』

電梯來了，我們走進去，她又問：「為什麼女孩要署名『您』呢？」

『男孩問了幾次，女孩從不回答。日子久了，兩人通信的頻率愈來愈少，
　最後男孩決定在異國娶妻，並打算定居，不回來了。』

「女孩怎麼說？」

『她還是那句：我要說的，就是您。』

我們走出電梯，進了公司大門，我直接往我的座位方向走。

「你還沒說完呢。」曹小姐仍跟在我身後。

『有一天男孩把女孩的信列印出來，打算拿在手上看。他把紙折了兩次，
　如果攤開來看，由上到下是四個小長方形。結果他看到……』

「看到什麼？」

『在女孩署名的您字中間，剛好有一條折痕，將"您"分成你和心。於是
　男孩終於明白了"您"的意思。』

「是什麼意思？」

我坐了下來，緩緩地說：『你在我心上。』

「原來如此。」

『故事結束了。』

「你又來了！」她一時情急，音量有些高，「怎麼可能結束？男孩知道了女孩的意思後，一定會有所行動。」

『男孩還是可以選擇裝死啊。』

「不可以！」

『這裡是辦公室，而且現在已經是上班時間了耶。』

「是嗎？」她看了看錶，吐了一下舌頭，「下班後故事還得繼續哦。」

曹小姐回到她的位子，我也繼續我快完成的工作。

再確認一次內容沒有青山和夕陽等字眼，便拿到老總的辦公室交給他。

老總又看了一遍，最後說：「就這樣吧。」

我開始列印、裝訂，然後叫了快遞把它寄出。

事情終於結束了，我心情很愉快，嘴裡輕聲哼起歌。

「你走調了。」曹小姐又突然出現。

『見笑了。』我有些不好意思。

「下班了。一起走吧？」

『好。』我把一些東西塞進公事包，便起身走人。

走出公司時剛好碰見小梁，他看見我和曹小姐在一起，眼神像驚慌的羊。

於是我把自己想像成狐狸，給了他一個狡猾的笑。

一走出大樓，曹小姐便說：「繼續說故事吧。」
『我說過故事已經結束了啊。』
「故事沒有結束。男孩一定馬上回國去找女孩。」
『真的要這樣嗎？』
「對。就是這樣。」

『好。』我笑了笑，『男孩立刻收拾行李、買張機票，衝回來找女孩。當
　男孩終於來到女孩的面前時，她又給了他一個字。』
「哪一個字？」
『忙。』

「忙？」曹小姐皺起眉頭，「什麼意思？」
『把"忙"拆開來看，就是心已亡。女孩的意思是她已經死心了。』
「你怎麼老是喜歡說這種結局的故事呢？」她似乎有些不甘心。
『人物性格決定故事的結局。屬於這兩個人的故事結局，就該是如此。』

「好吧。那這個故事的教訓是？」曹小姐說。
『這是一個關於明說的故事，這故事教訓我們，有什麼話一定要明說。』
「那你中午吃飯時是不是有些不高興？」
『只有一點點啦。』
「我就知道。」她笑了起來，我有些尷尬，也笑了笑。

曹小姐轉過身朝來時的方向，說：「我家的方向是這邊，Bye-Bye。」
我跟她揮揮手後，要繼續往前走時，發覺已到了那家咖啡館門口。
推開門走進去，老闆一直盯著我看，眼神很怪異。
好像是已經掌握犯罪證據的刑警正盯著抵死不招的殺人犯一樣。
拿 Menu 給我時、幫我倒水時、端咖啡給我時，都是這種眼神。
『她只是我同事而已！』我大聲抗議。
「跟我無關。」
我悶哼一聲，但他說得也沒錯。

我又開始等學藝術的女孩。
在等待的時間裡，我想起剛剛講的故事以及跟曹小姐的相處情形。
總覺得面對曹小姐時，我顯得太過小心翼翼。
好像拿著名貴的古董花瓶，還來不及欣賞它的美，就得擔心不小心打破。
似乎只在講故事時，我才能自然地面對她。
而學藝術的女孩則給我一種安全感以及親切感，
在她面前，我不必擔心會做錯事或說錯話。

我愈等愈焦急，學藝術的女孩始終沒來，這已經是她第三天沒出現了。
前兩天是假日，雖然等不到她，但心裡存在著她出去玩的可能性，
因此我只有失望，不至於有太多負面的情緒。
但我現在很慌張，好像忘了某樣東西擺在哪，或忘了做某件事。
對，就是那種忘了卻急著想記起的感覺。
但愈急愈記不起來，且又擔心忘掉的事物是非常重要，於是更慌張。

「忘」這個字也是心已亡啊。

我突然有一種害怕的感覺，害怕她從此不再來這家咖啡館了。

雖然很想嘲笑自己這種莫名其妙的感覺，但始終笑不出來。

我忍不住起身走到吧台。

老闆背對著我，正在洗杯子。

『她……』我開了口，卻不知該如何發問？

「她只是你同事而已，你說過了。」老闆說。

『我不是指那個她，我是問那個畫畫的女孩呢？』

「她今天沒來。」

『我知道！』我提高音量：『她為什麼沒來？』

「我不知道。」老闆接著說：「而且，你為什麼認為我會知道？」

『碰碰運氣而已。』我說。

「你運氣不錯，我知道很多你想知道的事。」

我有些驚訝，發楞了一會後，直接問：『那麼她在哪裡？』

「我憑什麼要告訴你？」

『就憑江湖人物的義氣！』我握緊拳頭，有些激動。

「你武俠小說看太多了。」

『告訴我吧。』我拳頭一鬆，像洩了氣的皮球，『我真的很想見她。』

老闆停下手邊的動作，轉身凝視著我。過了許久，他收回目光，說：
「現在她應該在那裡，但如果她在那裡，應該會先來這裡……」
『喂，說清楚一點。』
「別吵。」他說，「因為她今天沒來這裡，所以她現在不會在那裡。」
『那麼她現在到底在哪裡？』
他又轉過身背對著我，扭開水龍頭洗杯子，然後說：「我不知道。」
『喂！你耍我啊！』

他關上水龍頭，拿抹布把手擦乾，再轉過身面對我，說：
「我只說：我知道很多你想知道的事，並沒說我知道她在哪裡。」
『那你知道什麼？』
「她的手機號碼。」
『她有手機？』我驚訝得張大嘴巴。
「她為什麼不能有手機？」
『她是學藝術的啊！』
「你以為學藝術的人現在還用飛鴿傳書嗎？」

可能是我的刻板印象吧，我總覺得學藝術的應該是不食人間煙火的人。
就像我也無法想像一個學工程的人睡在蕾絲滾邊的床單上一樣。
我的驚訝還沒完全褪去前，他拿起電話撥了一組號碼。
「妳在哪裡？」
「那是哪裡？」
「怎麼去那裡？」
然後他掛掉電話，拿起筆，在紙條上寫了一些東西。

「她在家裡。」他將紙條給我，「這是地址，怎麼坐車我也寫在上頭。」

『謝謝。』我接下紙條，看著上面的字。

準備拉開店門離去時，聽見他說：「找到她時，記得問她吃飯了沒？」

『可不可以問比較有意義的問題？』我轉過身。

「這樣問就對了。」

我不再多說話，拉開店門走人。

我大約坐了廿多分的捷運車程，再改搭公車，第五站下車。

天已經黑了，街燈也亮了，眼前的街景對我而言是完全陌生。

看著字條上的指示，準備邁步前進時，腳突然停在半空。

因為我想到：這樣來找她會不會太唐突？

還有，我為什麼這麼急著想見她？

剛剛應該在咖啡館內多考慮一會才是，如今卻呆站在街頭猶豫，

不僅不智，而且還會冷。

算了，既來之則安之，還是硬著頭皮找她吧。

她住在一棟老舊公寓的四樓，一樓的牆上爬了一些藤蔓之類的植物。

大門沒關上，想按電鈴時發現四樓有兩戶，但電鈴上並沒有門牌號碼。

我直接走上四樓，發現其中一戶的門上畫了一張臉。

這張臉非常大，佔了門的三分之一，表情不算可愛，只是張大了口。

雖然有些線條看起來像小孩子的塗鴉，但我覺得應該是她畫的。

我找不到門鈴，只好敲兩下那張臉的額頭。

「是誰?」門內傳來聲音,「是誰喚醒沉睡的我?」

這應該是女聲,但刻意壓低嗓子讓聲音變得沙啞,以致聽來有些怪異。

『我找學藝術的女孩。』我說。

「你是誰?」

『我是學科學的人。』

「為什麼說話時不看著我?」

『妳在哪裡?』我四處看了看,『我沒看到妳啊。』

「我就在你面前。」

我往前一看,只看到那張臉的畫像。

『別玩了。』我恍然大悟,覺得應該是被耍了,『她在家嗎?』

「你講一個跟畫畫有關的笑話,我就告訴你。」門內的聲音仍然怪異。

我隱約覺得這是學藝術的女孩在鬧著玩,因此很努力地想笑話。

「快哦,我又快睡著了。」

『我以前自我介紹時,會說:我喜歡釣魚和繪畫,因此可謂性好漁色。』

說完後我等了一會,門內沒任何反應。

『喂,我講完了。』

門緩緩開啟,果然是學藝術的女孩探出頭,她笑著說:

「你講的笑話太冷,我剛剛凍僵了。請進吧。」

我走進客廳，稍微打量一下，似乎沒什麼特別的地方。

『我以為會看到很多藝術品。』我說。

「如果你走進一個殺手的家中，會在客廳看到槍和子彈嗎？」

『這……』

「我有間工作室。」她笑了笑，「我的作品都擺在那裡，不在客廳。」

『喔。』

「想不想看看我的工作室？」

『好啊。』

她的工作室其實只是這屋子的一個房間，不過並沒有床，只有畫架。

滿地都是畫具和顏料，還有些半滿的杯子，盛了混濁顏色的水。

牆上掛了幾幅畫，水彩、油畫和素描都有，尺寸大小不一。

「請坐。」她說。

『謝謝。』我環顧四周，找不到椅子。

「不好意思，忘了這裡沒有椅子。」

『沒關係。』我說，『畫畫要站著欣賞，音樂才要坐著聽。』

「你也會說這種奇怪的話哦。」她笑了起來。

『跟妳學的。』我也笑了笑。

『妳好幾天沒去那家咖啡館了。』

「我上次不是腳扭了嗎？後來變得嚴重，沒法出門。」

『腳好了嗎？』

「嗯。但我前天在陽台上睡著了，可能不小心著涼，就感冒了。」

『感冒好了嗎？』

「嗯,差不多了。」

『那就好。』

「差不多要變肺炎了。」

『啊?』

「開玩笑的。」她笑著說:「今天去看了醫生,應該很快會好。」

我在房間裡漫步閒逛,欣賞牆上的畫;她則靠著落地窗,悠閒地站著。

『這幾天有畫了什麼嗎?』

「沒有。」她聳聳肩,「畫筆好像飄浮在空中,我卻連抓住的力氣也沒。
你的小說呢?」

『沒什麼進度。』輪到我聳聳肩,『心裡空空的,無法動筆。』

「沒關係。」她笑了笑,「我明天就會去咖啡館了。」

『嗯。那太好了。』

我停在一幅紅色的畫前,這幅畫塗滿了濃烈的火紅,沒有半點留白。
只用黑色勾勒出一個人,但這個人的臉異常地大,甚至比身體還大。

「感覺到什麼了嗎?」她問。

『人的比例好怪,而且五官扭曲,不像正常的臉。這是抽象畫嗎?』

「不是所有奇怪的或莫名其妙的畫都叫抽象畫。」她笑了起來,

「聽過一個笑話嗎?畫是抽象畫沒關係,只要價錢是具體的就行了。」

『喔。』我笑了笑。

「這是我兩年前畫的,叫痛苦。那時覺得世界像座火爐,我一直被煎熬,
無法逃脫。」

『那現在呢？』我問。

「我已經被煮熟了，可以吃了。」她又笑了起來。

我也笑了笑，再看看畫裡扭曲的五官，試著感覺她曾有的痛苦。

「如果是你，你要怎麼畫痛苦呢？」她問。

『大概是畫一個人坐在椰子樹下看書，然後被掉落的椰子砸到頭。』

「很有趣。」她笑了兩聲，手指一比，「那張畫如何？」

我往右挪了兩步，看著另一幅畫。

畫的中間有一個女孩，女孩完全沒上色，除了瞳孔是藍色以外。

女孩的視線所及，所有的東西都是藍色；

但女孩背後的東西，卻仍擁有各自鮮豔的色彩。

『這張畫叫？』我問。

「憂鬱。」她說，「憂鬱其實是一副藍色隱形鏡片，當你戴上後，看到的
　東西就全是藍色。但其實每件東西都擁有自己的色彩，未必是藍色。」

『很有道理喔。』

「謝謝。」她接著問：「那你怎麼畫憂鬱？」

『被掉落的椰子砸到頭的人，躺在地上等救護車的心情。』

「這還是痛苦吧？」

『不，那是憂鬱。因為他的書還沒念完，隔天就要考試了。』

她笑了笑，沒再說什麼。

『憂鬱是多久前畫的？』

「去年畫的。」她說，「那時我剛回台灣。」

『喔？』

「我在國外念了幾年書，去年回來。」

『那妳現在還會戴著這副藍色鏡片嗎？』

「我已經很少戴了。」

『那很好啊。』

我離開憂鬱，走近她右手邊靠落地窗的牆上，一幅金黃色的畫。

『這是？』我指著圖上一大片的金黃。

「油菜花。」她轉身看著這幅畫，「這是我今年春天在花蓮畫的。」

油菜花佔了畫面三分之二以上，剩下的是一點淡藍的天，幾乎沒有雲。

我看了幾眼，彷彿已躺在金黃色的花海中，並聞到甘甜清新的空氣味道。

正想說些什麼，發現她剛好站在我身旁，我偏過頭說：『好舒服。』

「會嗎？」她看著我，笑了起來。

『嗯。』我點點頭，『這張畫好像可以讓人重新活過來。』

「知道這張畫的名字嗎？」

『不管它叫什麼，一定可以讓人聯想到快樂幸福之類的感覺。』

「沒錯，這張畫叫天堂。人們總以為天堂的地板是白雲，所以天堂應該是
　白色的。但我第一眼看到這片油菜花，突然覺得這就是天堂的顏色呀。
　這顏色在我眼中愈來愈明亮，我彷彿看見天堂，在我心裡。」

她笑了笑，「我的感覺很難理解吧？」

『不會啊。天堂是很主觀的概念，妳覺得是，就是囉。』

她站在畫前，右手做了個邀請的手勢，「歡迎光臨我的天堂。」

她打開落地窗，走到陽台，我也跟了出去，然後並肩倚靠著欄杆。

這裡是市郊又接近山區，住宅不算擁擠，視野可以延伸得很遠。

「我只要站在這裡，就會想飛。」她說。

『那妳飛過嗎？』

她轉頭看著我，突然噗哧一笑，邊笑邊說：「你是學科學的人，應該知道
　人根本不可能會飛呀。怎麼會問這種問題呢？」

我有點小尷尬，陪著她笑了笑，沒有接話。

「我終其一生，一定無法飛翔；但想像力的翅膀，永遠不會折斷。」

她閉上眼睛，微微一笑，「所以我一直在飛呀。」

她張開眼睛時，露出詭異的笑容，說：「嘿，我又想畫了。」

『現在嗎？』

「嗯。」她說：「又要委屈你了。」

『先說好，不可以問問題。』

「你只要閉上眼睛就可以了。」

『這麼簡單？』

「嗯。」她走回屋子，向我招手，「來，別怕。」

『別耍花樣。』我也走進屋子。

她笑了笑，拿出紙筆。我不再說話，立刻閉上眼睛。

不閉眼睛還好，一閉上眼睛，我開始想睡覺。

這也難怪，神經緊繃了一天，現在突然完全放鬆，當然會想睡覺。

幾乎要進入夢鄉時，隱約聽到細微但清脆的大門開啓聲。

我睜開雙眼，正好接觸她的視線。

「唉呀。」她說。

『怎麼了？』

「你掉下去了。」

我有些納悶，她沒再說話，迅速在紙上補上幾筆。

「好了。」她說。

我走過去看圖，看到圖上有一男一女。

女的背後長了一對翅膀，閉上眼睛、嘴角泛起微笑，正遨遊於空中。

男的原本也有一對翅膀，但只剩一隻在身上，另一隻飛在半空。

他的雙眼圓睜，似乎驚訝自己正急速墜落。

「誰叫你要睜開眼睛。」她說。

我笑了笑，沒說什麼，仔細看著畫裡的女孩，再看看她。

『妳畫自己畫得很像耶。』

「是嗎？」

『嗯。』我很認真觀察她的長相，『妳長得很藝術喔。』

「你是說我長得像畢卡索的畫嗎？」

『不不不。』我急忙搖手，『我的意思是……』

「小莉！」她叫了一聲，然後蹲下來。

我順著她的視線,看見一個小女孩出現在房間門口。

小女孩跑過來抱住她脖子並在她臉頰上親一下,說:「媽,妳好點沒?」

「小莉乖。」她摸摸小女孩的頭髮,「媽好多了。」

我像從頭到腳被澆了一桶冰水,全身凍僵。

她又逗弄小女孩一會後,站起身問我:「你剛剛想說什麼?」

『沒什麼。』我擠了個微笑,『她爸爸呢?』

她朝我搖搖頭,眼神示意我別問這個問題。

我大概可以猜到她的意思,不禁嘆口氣說:

『一個女人帶著一個小女孩生活,一定很辛苦吧?』

「沒錯。」

聲音是從我背後傳來的,我先是一楞,再轉過頭,看見一個女子。

她大約30歲,身材高姚,臉雖只上淡妝,但口紅顏色是亮麗的桃紅。

「小莉,別打擾乾媽和叔叔。」女子向小女孩招手,「跟媽回房間。」

「我不要。」小莉搖搖頭。

「讓她在這裡玩一下沒關係的。」學藝術的女孩朝那女子笑一笑。

「好吧。」女子點點頭,對我微微一笑算是打招呼,再走出房間。

女子的高跟鞋踩出扣扣聲,是典型都會女子上班族的標準走路聲。

學藝術的女孩問小莉:「喜歡這張圖嗎?」

「嗯。」小莉很用力點頭。

「那妳幫它取個名字好不好?」

「就叫飛呀。」小莉的右手食指，指著畫裡飛翔的女子。

「很好聽哦。」她指著畫裡的男子，「那這個人爲什麼會往下掉呢？」

「因爲他不乖呀。」小莉說。

「說得好。」她笑了起來，抬頭看了看我，「他的確不乖。」

小莉也抬頭看我一眼，我朝這小女孩揮揮手，她卻裝作沒看見。

可能由於我是陌生人的緣故，小莉待沒多久就走了。

小莉走後，我和她可能都不知道該聊什麼話題，於是安靜了下來。

這時從另一個房間傳來對話聲：

「小莉，把鞋鞋穿上，媽帶妳出門。」

「我的鞋鞋不見了。」

「那我就揍妳。」

「我的鞋鞋眞的不見了嘛！」

「那我就眞的揍妳！」

「……」

我和她互望了一會，同時笑了起來。

『你是她乾媽？』我問她。

「嗯。」她站起身，「她的母親是單親媽媽，我跟她們一起住這裡。」

『爲什麼收她當乾女兒？』我問。

「如果有人問小莉爲什麼沒爸爸時，她可以說：但是我有兩個媽媽呀。」

『妳眞是個好人。』

「哪裡。」她笑了笑。

『對了，妳怎麼都沒問我：爲什麼知道妳住這？』

「想也知道是咖啡館老闆告訴你的。」

『啊！』我突然想起他的吩咐，「妳吃飯了沒？」

「還沒。」她聳聳肩，「我常忘了吃飯，總是要讓人提醒才會記得。」

『肚子餓的時候不就知道該吃飯了？』

「我會當它是幻覺。」

『啊？』

「開玩笑的。」她笑了笑，「我只要一畫圖，就會忘了飢餓感。」

『嗯，這叫廢寢忘食。』

「不，那是沒錢吃飯。」

她又笑了起來，我發覺她今天的心情很好，一直在開玩笑。

『已經很晚了，我去買東西給妳吃，然後我再回家。』我說。

「我們一起去吧。」

『外面天涼，妳又感冒，妳就別出門了。』

「嗯。」

『想吃什麼？』

「都可以。」

我下樓到附近找了家麵店，包了一碗麵，上樓時她在門邊候著。

我把麵拿給她，她說了聲謝謝，然後指著門上那張大得出奇的臉說：

「這是我和小莉一起畫的。」

『很可愛的畫。』我看了看錶，說：『我走了，明天見。記得要吃麵。』

「我會的。Bye-Bye。」她揮揮手。

走到一樓準備打開大門時，她從四樓喊了聲：「喂！」

我轉身仰頭，只見交纏蜿蜒的樓梯，沒看見她。我大聲問：『什麼事？』

「你說我長得很藝術是什麼意思？」

『記不記得妳曾說過藝術是什麼？』我仍然仰著頭。

「藝術是一種美呀！」

『沒錯！我就是這個意思！』

說完後，我打開大門，直接離去。

走出大門沒幾步，我才發覺肚子好餓。

搭完公車轉捷運，出了捷運站買了點食物，走回家時大約十點半。

一進家門，發現鷹男和蛇女也在，我點個頭算是打招呼，便走回房間。

把從速食店買的炸雞、薯條和可樂攤在桌上，準備先填飽肚子再說。

「怎麼不買點別的呢？」蛇女突然出現在我右手邊，叼起一塊炸雞，

「吃油炸的東西容易長青春痘。」

「有得吃就好，別嫌了。」鷹男則站在我左手邊，也抓起一塊炸雞。

『喂，這是我的晚餐啊！』眼前只剩一塊炸雞，我趕緊用雙手將它護住。

蛇女無視我的抗議，一面吃炸雞一面問鷹男：「你多久沒洗頭了？」

「一星期而已。」鷹男也是邊吃邊回答。

「眞髒。」蛇女啐了一聲。

「妳知道嗎？」鷹男說：「我頭髮又捲又膨，洗頭時抓不到頭皮耶！」

「說點新鮮的行不行？」蛇女又哼了一聲。

「有次我洗完頭，發現地上躺了兩隻蚊子屍體，原來是蚊子飛進我頭髮，
 結果飛不出去，在裡面悶死了。」鷹男哈哈大笑。

蛇女不想理他，拿起我的可樂，插上吸管便喝。

『喂！』我喊了一聲，不過蛇女也沒理我。

「妳有感冒嗎？」鷹男問。

「沒有。」蛇女說。

「那我也要喝。」鷹男接下蛇女手中的可樂，擦拭一下吸管上緣，再喝。

「東西好少。」蛇女的眼睛在我桌上搜尋一番，「只剩薯條了。」

「是啊，太不體貼了，根本不夠兩個人吃。」鷹男抓起薯條吃。

「下次多買點，別這麼粗心。」蛇女也開始吃薯條。

『喂，我是買給自己吃的！』

蛇女又不理我，拿面紙擦拭油膩的雙手，「繼續剛剛的討論吧。」
「嗯。」鷹男說。
「我對分手的場景有意見。」蛇女說。
「什麼意見？」
「為什麼分手一定在下雨天？為什麼不可以在洗手間旁邊？」
蛇女說完後，點上一根煙，斜眼看了一下我。
我把已經被他們喝光的可樂杯子遞給她，當作煙灰缸。

「雨天的意象非常好啊。」鷹男說，「女主角分手後仰望著天，臉上就會
　分不清是淚水還是雨水了。」
「在洗手間旁分手後，女主角便衝進洗手間洗臉。」蛇女說，
「臉上也會分不清是淚水還是自來水。」

「嘩啦啦的雨可以讓人聯想到老天正在哭泣啊。」鷹男說。
「扭開水龍頭也會嘩啦啦流出水，有人會認為水龍頭在哭嗎？」蛇女說。
「會啊，因為水龍頭被扭痛了。」
「那我扭你這顆豬頭，你也會哭囉？」
「不會。」鷹男把頭向左轉向右轉，轉動的幅度竟然比一般人大得多，
「妳看看，我的頭可以這樣轉咧。」
「噁心死了，好像貓頭鷹。」蛇女說。
他們兩個你一言我一語，還不忘把我的薯條吃得一乾二淨。

『喂。』我站起身，說：『夠了喔。』

鷹男和蛇女停止爭論，同時轉頭看著我。

「你有何高見？」鷹男問。

『這是我的房間啊。』我說。

「廢話。」蛇女仰頭吐了個煙圈，「人家是問雨天跟洗手間哪個好？」

『洗手間好。』我說。

「喔？」鷹男很好奇。

『女主角分手後衝進洗手間，邊哭邊上廁所，臉和屁股同時會嘩啦啦！』

鷹男和蛇女反而安靜了幾秒，互看了一眼。

「晚安了。」鷹男拍拍我肩膀，「早點休息。」

「不要太累了。」蛇女說。

鷹男走出我房間，回頭說：「生活中難免有壓力。」

「跌倒了爬起來就好。」蛇女也跟著離開，然後帶上房門。

我剛覺得鬆了一口氣時，鷹男的聲音從門外傳來：「這小子瘋了。」

「我也這麼覺得。」蛇女說，「我們難得意見一致。」

「值得紀念喔。」

「是呀。」

然後是一陣並未刻意壓低的笑聲。

我把耳朵摀上，過了一會才放開，確定沒聲音後，便打開電腦。
《亦恕與珂雪》已經好幾天沒進度了，得趁今晚好好寫點東西。
可能是因爲又看到學藝術的女孩的關係，今晚的文字幾乎是用飛的。
文字在腦海飛行的速度遠大於雙手打字的速度，我一方面得苦苦追趕，
一方面又得擔心文字會不小心飛入鷹男的髮叢以致受困。
幸好腦海中的文字不是沒長眼睛的蚊子，總是飛一陣，停下來等我一陣。
最後我在珂雪說：「明天咖啡館見」時，追上他們。

看了看錶，發現已經連續寫了好幾個鐘頭。
不過我並不覺得累，反而有一股暢快淋漓的感覺。
客廳隱約傳來大東他們的聲音，看來他們大概會討論到天亮。
我不想再被鷹男和蛇女纏住，關掉電腦和燈，倒頭便睡。

一覺醒來，漱洗完畢換好衣服準備上班時，發現桌上有一張字條：
「謝謝你的炸雞，送你一個吻。Katherine。ps.睡覺記得鎖門。」
想了半天，才記起 Katherine 是蛇女的英文名字，不禁打了個冷顫。
立刻把穿在身上的外套脫下，換穿一件比較厚的外套，再出門上班。

雖然昨晚大約只睡了三個鐘頭，但起床後的精神還算好。
快走到公司大樓時，突然想起跟曹小姐的一分鐘之約。
出門前曾被蛇女的字條耽擱了一些時間，今天會不會因而失去準頭？
下意識加快腳步，邊走邊跑，希望能抵銷失去的時間。
一走進公司大門，胸口還有些喘，看見曹小姐時，她似乎楞了一下。

我們互望了幾秒,她急忙拿起一張紙,清一下喉嚨,開始唱:
「我無法開口說,你在我心上。啦啦啦啦啦,你在我心上。即使你離去,
你始終在我心上。我等得好心傷,你怎能將我遺忘。雖然你在我心上,
啦啦啦啦啦,但請你原諒。啦啦啦啦啦,我的心已亡。」

「這首歌作得不好。」唱完後她把紙條放下,「曲調是隨便湊合著哼的,
沒時間好好譜曲。」
『不會啊,滿不錯的。』我說。
「是嗎?」她似乎不太相信,「要說實話哦。」
『歌詞怪怪的,有很多"啦"。』我不好意思地笑了笑。
「那是混字呀。」她笑了笑,「在很多歌裡,當歌詞不知道該填什麼時,
就會用啦、喔伊呀嘿等等沒什麼意義的字混過去。」

「對了,說到混呀,有個關於音樂的笑話哦。想聽嗎?」曹小姐說。
『嗯。』
「一位觀眾看完演出後,跑去找負責人,問他:你們的節目單上明明寫的
是混聲合唱,可是合唱隊裡卻只有男的,這是怎麼回事?」
我看她停頓了一下,只好順口問:『怎麼回事?』
「負責人回答說:沒錯啊,因為他們之中只有一半的人會唱,另一半的人
不會唱──是用混的。」

曹小姐說完後，自己笑了起來，而且愈笑愈開心。

雖然這個笑話很冷，但她難得講笑話，更何況她自己也覺得很好笑，

因此我勉強牽動已凍僵的嘴角，微微一笑表示捧場。

『我去工作了。』等她笑聲停歇時，我說。

「不可以用混的哦。」

她說完後，可能又陶醉於剛剛自己所講的笑話中，於是又笑了起來。

我這次沒等她笑完，點個頭，便往我的辦公桌走去。

曹小姐雖然是個美女，但實在是不會說笑話。

我想起念大學時教英文的女老師，她在期末考時把每個人叫到跟前，

然後用英文講笑話給他聽。笑得愈大聲的人，英文分數愈高。

那時我雖然聽得懂她說什麼，但那個笑話實在太冷，我根本笑不出來。

結果我英文差點不及格，補考後才過關。

後來我便養成再怎麼冷颼颼的笑話，我也可以笑到天荒地老。

看了看電腦螢幕，想想今天該做什麼事？

服務建議書剛趕完，現在只要準備簡報時的資料即可。

雖然想將全副心思放在工作，但心思卻常偷溜到小說的世界裡晃來晃去。

偶爾驚覺自己是學科學的人，應該嚴守上班要認真的真理，

於是又將心思強力拉回到電腦螢幕。

但心思的活動原本就是自由的，很難被干涉與限制，這也是種真理。

就像牛頓在蘋果樹下被蘋果打到頭是地心引力所造成，

地心引力是真理；被蘋果打到頭會痛，也是真理。

當牛頓的頭感到疼痛時，並不表示他不相信地心引力的存在。

所以當我的腦袋在上班時胡思亂想，也不表示我上班不認真。

我的個性是如果做出有悖真理的事，就會想辦法證明那也是種真理。

「你停在這個畫面很久了。」李小姐在我身後說，「在打混哦。」

『我在訓練自己的專注力和耐性。』我說。

「少吹牛了。」李小姐說，「想去哪裡玩？」

『什麼？』

「公司要辦員工旅遊，周總叫我調查一下大家的意見。」

『要交錢嗎？』

「不用。」

『周總會這麼慷慨？他看起來不像是個會良心發現的人耶。』

「你少胡說。」李小姐拍了一下我的頭。

「喂，小梁。」李小姐叫住經過我桌旁的小梁，「想好去哪玩了嗎？」

「妳再等我一下。」他回頭說，「我去叫禮媽一塊來討論。」

『如果不去的話可以折合現金嗎？』我問李小姐。

「當然不行。」

『那我沒意見，去哪都好。』我說。

小梁帶著曹小姐走過來，我的辦公桌旁剛好湊成一桌麻將人數。

李小姐拉住曹小姐的雙手，笑著問：「禮媽，想去哪裡玩？」

「嗯……」曹小姐想了一下說：「美國、澳洲、紐西蘭都去過，歐洲去了
　法國、瑞士和奧地利，聽說希臘很美，但還沒去過，那就希臘吧。」
曹小姐說完後，我、小梁和李小姐面面相覷，說不出話來。

「怎麼了？」曹小姐看我們沒接話，問了一句。
「禮嫣。」李小姐收起笑容，「能不能去近一點的地方？」
「那就日本吧。」曹小姐說，「要不，韓國也行。」
「能不能再更近一點？」李小姐的語氣幾乎帶點懇求。
「東南亞嗎？」曹小姐搖搖頭，「可是我不喜歡太熱的地方。」

「禮嫣。」李小姐緩緩鬆開拉住曹小姐的雙手，說：
「妳知道這次公司辦的員工旅遊是不用交錢的嗎？」
「我知道呀，所以我很納悶公司為何會這麼大方。」曹小姐說，
「因為如果出國去玩，光來回機票就得花很多錢呢。」
「那妳有沒有想過，也許公司的意思是不坐飛機。」李小姐說。
「坐郵輪嗎？」曹小姐睜大眼睛，「那也不便宜呀。」
李小姐張大嘴巴，不知所措地望著我，眼神向我求救。

『曹小姐。』我輕咳兩聲，『聽過攘外必先安內嗎？』
「嗯？」
『這句話的意思是，要出國去玩前，先要把台灣玩遍。』
「少唬我，我知道這句話的真正意思。」曹小姐笑了，「還是明說吧。」
我也笑了笑，說：『公司不可能出太多錢，所以我們只在台灣玩。』

「原來如此，是我會錯意了。」曹小姐吐了吐舌頭，「不過我通常都出國
　去玩，不知道台灣哪裡比較好玩耶。」

「想知道哪裡好玩，」小梁插進話，拍拍胸脯說：「問我就對了。」
「眞的嗎？」曹小姐的聲音有些興奮。
「我念大學時，我隔壁寢室的室友很會玩喔。」小梁說。
『住在動物園旁邊的人就會比較了解猴子嗎？』我說。
「什麼意思？」小梁說。
『如果我隔壁寢室的室友在總統府工作，我就會比較懂政治嗎？』
「喂。」小梁瞄了我一眼，轉頭跟曹小姐說：「禮嫣，別理他。」

「妳喜歡風景美麗的地方？」小梁問曹小姐，「還是原始山林或海邊？」
「嗯……」曹小姐沉吟一會，轉頭問我：「你覺得呢？」
『如果是妳的話，風景美麗的地方可以不必去了。』我說。
「爲什麼？」
『如果妳已經是劉德華，妳還會覺得梁朝偉很了不起嗎？』
「什麼意思？」
『一般人看到明星會非常興奮，但如果妳自己也是明星，就不會覺得看到
　明星有什麼了不起的。』
「你在說什麼？」曹小姐的表情愈來愈困惑。

『妳已經是美麗的人了，應該不會覺得美麗的風景有什麼了不起的。所以
　我才會說，妳可以不必去風景美麗的地方。』

「我一直很認眞聽，沒想到你在胡扯。」曹小姐笑了起來。

「你什麼時候變得這麼會說話？」李小姐在我耳邊輕聲問我。

『秘密。』我也半遮住口，小聲說。

其實也不算秘密，可能是因爲最近的心思總在小說的世界裡遊蕩，
一不小心就把小說中的對白應用到日常生活中了。

小梁雖然因爲被我搶了鋒頭而顯得有些洩氣，但隨即轉守爲攻，
說出一長串台灣好玩的地方，讓曹小姐聽得津津有味。

「結論是到東部去玩最好，還可以泡溫泉。」小梁說。

「可是聽說泡溫泉是不穿衣服的。」曹小姐有些不好意思。

「日本人確實是不穿衣服泡溫泉，但在台灣可以穿泳衣啊。」
小梁不愧是小梁，竟然能想出這種讓曹小姐穿泳衣的方法。

「泡溫泉好嗎？」曹小姐轉頭問我。

『當然好啊，妳不必擔心。』

我也不愧是我，即使不屑小梁，也知道要以大局爲重。

李小姐把我們三個人的意見都寫成：東部、泡溫泉。

然後她繼續去徵詢其他同事的意見，小梁和曹小姐也先後離開。

我將視線回到電腦螢幕，但心思很快又跑到小說的世界中；
或是幻想曹小姐穿泳衣泡溫泉的畫面。

工作、小說、曹小姐穿泳衣，剛好構成三度空間的 x、y、z 軸。

我的思考既非線性，也無法剛好只落在任何一軸上。

也就是說，思考的運動軌跡，都是 x、y、z 的函數。

我只好不斷離開座位去洗手間，用冷水洗臉，希望能讓自己專心。

但今天不曉得怎麼搞的，就是無法專心。

「溫泉好燙呀。」腦子裡不僅有小說的對話，曹小姐的聲音也來湊熱鬧。

『是啊。』

「要一起下來泡嗎？」

『好啊。』

我快瘋了。

第Ｎ次站起身，拿著杯子到茶水間想泡杯熱茶，剛好曹小姐也在。

她先朝我笑一笑，然後問：「你也要泡茶嗎？」

『嗯。』

「來。」她伸出右手，「我幫你泡。」

我突然又想到一起泡溫泉的畫面，於是因尷尬而渾身麻癢。

『我……』我開始結巴，『我自己泡就好。』

可能我的表情和動作太怪異，她笑了起來。

加完了熱水後，我紅燙著臉返回辦公桌。今天大概沒救了，乾脆擺爛吧。

「天啊！你今天一整天都停在這個畫面耶！」李小姐驚呼，「上班能混成
　這樣，你真是太神奇了。」

我看她提了公事包，便低頭看了看錶，下班時間到了，終於解脫了。

「已經決定員工旅遊要去東部泡溫泉，兩天一夜。」李小姐頓了頓，說：
「看來我得去買件泳衣了。」

我突然受到驚嚇，半晌說不出話來。

李小姐走後，我不敢想像她穿泳衣泡溫泉的畫面，於是想趕緊下班。
但掙扎了好幾下，始終提不起勁，我覺得我好像一隻半身不遂的無尾熊。
「喂。」曹小姐拍了一下我的左肩，「下班了，一起走吧？」
我彈起身子，全身上下充滿活力。

「我想問你，」等電梯時，曹小姐說：「我今天會不會很失禮？」
『失禮？』我很納悶，『妳是說哪件事？』
「就是討論去玩的事呀。我不知道只在台灣玩，還說了那麼多國家。」
『這沒關係啊。』我笑了笑，『妳多心了。』

電梯來了，我們同時走進去。她接著說：
「從小我父親只帶我去國外玩，印象中好像沒特地在台灣玩過。」
『哇，妳父親應該很有錢吧。』
「嗯。」曹小姐低下頭，「真是對不起。」
電梯門打開，曹小姐先走出去，我卻因她一句對不起而發楞。

當我回神跨出電梯時，差點被快關上的門夾住。
『為什麼要說對不起？』我問。
「因為我的家境很好。」
『嗯？』我一頭霧水。
「大部分的人都得為生活努力打拼，或是犧牲某些理想；而我從不必煩惱

這些，可以任性地活著。」她說，「這讓我覺得對不起很多人。」

『妳會下暗棋嗎？』我說。

「會呀。」

『其實下暗棋跟人生一樣，既靠運氣，也憑實力。』

她雖沒回話，但眼睛卻一亮。

『生在富裕家庭，是妳運氣好；但妳若要成就自己，還是得靠實力。』

「是嗎？」

『嗯。』我點點頭，『喬丹天生的彈力和肌肉協調性都比一般人好，那是他的運氣；但他可不是光靠運氣而成為籃球之神的。』

「哦。」

『喬丹也不會因為自己先天條件太好，佔了很多的優勢，於是覺得對不起籃球場上其他球員。』我笑了笑，『不是嗎？』

「是呀。」曹小姐也笑了起來。

『曹小姐。』我叫了她一聲。

「嗯？」

『我原諒妳。』

「為什麼要原諒我？」

『因為我的家境不好。』

她先是一楞，隨即笑出聲音。

『我的方向在這邊……』我伸出右手往右比，『Bye-Bye。』

「嗯，Bye-Bye。」

我往右走了兩步，聽到她叫我，我回頭問：『什麼事？』

「以後叫我禮嫣就好，不要再叫曹小姐了。」

『好。』

「Bye-Bye。」她揮揮手。

走著走著，心裡突然湧現一個疑問：

曹小姐，不，應該叫禮嫣，她既然是學音樂的，家裡又很有錢，

那為什麼她會在我們公司當總機小姐呢？

她會不會有什麼不得已的苦衷呢？

應該不會。

因為在我們做那個一分鐘約定時，她曾說過上這個班是很好玩的事。

推開咖啡館的門，發現靠落地窗的第二桌還是空著的。

「她還好吧？」老闆走過來，把Menu遞給我。

『哪一個她？』我一時反應不過來，『畫圖的？還是唱歌的？』

「畫圖的。」

『喔。她還好，只是感冒而已。』

「她今天會來嗎？」

『她說會。』

老闆沒答話，轉身走回吧台。

『喂！』我朝他喊了一聲。

他停下腳步，回頭問：「幹什麼？」

『我還沒點咖啡啊。』我晃了晃手中的 Menu。

他又走過來，我點了杯咖啡，再將 Menu 還給他。

『你很關心她耶。』我又說。

「跟你無關。」

『你現在的脖子很粗喔。』

「什麼意思？」

『因為你臉紅啊。』我說，『這叫臉紅脖子粗。』

老闆沒反應，甚至也沒多看我一眼，就直接走回吧台。

我拿出今天在辦公室寫了一些小說進度的紙，打算邊寫小說邊等她。

曹小姐，不，禮嬤的事以後再說。

有個小孩子常玩的遊戲是這樣的，先讓人把「木蘭花」連續唸十次，

等他唸完後馬上問：代父從軍的是誰？

他很容易回答：木蘭花。

因此我得多叫幾次禮嬤，就會習慣叫曹小姐為禮嬤。

禮嬤、禮嬤、禮嬤、禮嬤、禮嬤、禮嬤、禮嬤、禮嬤、禮嬤、禮嬤……

老闆走過來把咖啡放在桌上，看了我一眼，我立刻停止喃喃自語。

雖然有著等待的心情，但我相信學藝術的女孩會來，所以我很放心。

紙寫滿了，再從公事包拿出另一張白紙，順便看看錶。

已經有些晚了，學藝術的女孩為什麼還沒出現？

正因為我相信她會來，但她卻沒出現，我又開始心神不寧。

咖啡早已喝完，茶杯也空了，我拿起空杯向老闆示意要加些水。

老闆走出吧台，直接到我桌旁，卻沒帶水壺。

「為什麼她沒來？」他問。

『我怎麼知道。』

我又比了比沒有水的杯子，但他沒理我。

「你不是說她會來？」

『那是她自己說的。』

「她感冒好了嗎？」

『她說快好了。』

「感冒會好是醫生說了算？還是她說了算？」

『當然是醫生說了算。』

「她是醫生嗎？」

『當然不是。』

「那你為什麼相信她感冒會好？」

『喂。』

我和老闆開始對峙，他全身上下幾乎沒有破綻，我正苦思該如何出招時，

左前方突然傳來一陣清脆響亮的「噹噹」聲。

「快！」學藝術的女孩推開店門衝進來，拉住我的左手，「跟我走！」

『我還沒付錢。』

我不愧是學科學的人，在兵荒馬亂之際，還嚴守喝咖啡要付帳的真理。

「算在我身上。」她先朝老闆說完後，再轉向我，「來不及了，快！」

我順著她拉住我的力道而站起，然後她轉身，拉著我的手衝出咖啡館。

感覺她好像是小說或電影情節中，突然闖進禮堂裡把新娘帶走的人。

她一路拉著我穿越馬路，跑到捷運站旁的巷子，她的紅色車子停在那。

「快上車。」她放開拉住我的手，打開車門。

說完後，她立刻鑽進車子，我繞過去打開另一邊的車門，也鑽入。

她迅速發動車子，車子動了，我還喘著氣。

正想問她為何如此匆忙時，她突然右轉車子，以致我身子向左移動，

碰到車子的排檔桿。跟在她後面的車子也傳來緊急煞車聲。

『妳一定很會打籃球。』我說。

「什麼？」她轉頭問。

『所有的人都以為妳要直行，沒想到妳卻突然右轉。』

「不好意思，我差點忘了要右轉。」她說，「但這跟籃球有關嗎？」

『這在籃球場上是很好的假動作。』我說，『所有人都以為妳要跳投時，
　妳卻突然向右運球。』

她聽完後笑了起來，邊笑邊說：「對不起，我開車的習慣不好。」

我瞥見後座放了一個抱枕，於是把它拿過來，抱在胸前。

「你在做什麼?」她又轉頭問。

『這是我的安全氣囊。』我說。

她又笑了起來,看著我說:「你別緊張,我會小心開車的。」

『那請妳幫個忙,跟我說話時,不要一直看著我,要注意前面。』

「是。」她吐了吐舌頭。

『妳在趕什麼?』

「上班呀。」她說:「我六點半要上班,快遲到了。」

我看了看錶,『只剩不到十分鐘喔。』

「是嗎?」她說,「好。坐穩了哦!」

『喂!』我很緊張。

「開玩笑的。」她笑了笑,「大概再五分鐘就可以到。」

果然沒多久就到了,她停好了車,我跟著她走進一家美語補習班。

『妳在這裡當老師嗎?』

「不是。」她說,「我是櫃台的總機,還有處理一些課程教材的事。」

『為什麼不當老師呢?妳在國外留學,英文應該難不倒妳吧?』

「沒辦法。」她聳聳肩,「老闆只用外國人當老師。」

『喔。』

「我在國外學藝術,但我沒辦法靠藝術的專業在台灣工作。」她說,

「不過還好,我的留學背景讓我可以勝任這個工作。」

她叫我也一起坐在櫃台內,我看四周並無其他人,便跟著走進櫃台。

一位金髮女子走樓梯下樓時差點跌倒，說了聲：「Shit！」
金髮女子瞥見我在，大方地笑了笑，說：「Excuse my French。」
她跟金髮女子用英文交談了幾句（是英文吧？），
金髮女子向她拿了一些講義後，又上樓了。

『爲什麼她要說：Excuse my French？』金髮女子走後，我問。
「英國和法國是世仇，所以英國人如果不小心罵了髒話，就會說：請原諒
　我說了法文。」
『媽的，英國人眞陰險。』我說。
「嗯？」她似乎嚇了一跳。
『對不起，請原諒我說了日文。』
她表情一鬆，又笑了起來。

『其實我的英文不太好。』我說。
「是嗎？」
『妳知道Bee Gees這個樂團嗎？』
「嗯。」
『我以前一直誤以爲他們是女的。』
「爲什麼？」
『因爲Bee Gees我老聽成Bitches。』
她笑得岔了氣，咳嗽了幾聲。

偶爾有人進來諮詢，她很客氣地回答，接電話時也是如此。

忙了一陣後，她說：「對不起，讓你陪我。」

『沒關係。反正我也沒事。』

「我通常都是四點多到咖啡館喝咖啡，然後再趕來這裡上班。但今天小莉
　突然發燒，我帶她去看醫生，就耽誤了。」

『她還好吧？』

「已經退燒了。」

『那就好。』

「你會怪我把你拉來嗎？」

『不會啊。』我說：『如果妳不拉我過來，我才會怪妳。』

「爲什麼？」

『因爲如果今天又沒看到妳，我會很擔心。』

「我也覺得你會擔心我，才匆忙去咖啡館。原本只是想告訴你今天沒空，
　不能陪你喝咖啡。」她笑了笑，「沒想到卻硬把你拉來。」

『妳拉得很好，很有魄力。』

她有些不好意思，沒有接話。

『妳在這裡還畫畫嗎？』

「幾乎不畫。」她搖搖頭，「而且，這裡畢竟是工作的地方。」

『妳喜歡這個工作嗎？』

「工作嘛，無所謂喜不喜歡。」她說，「畢竟得生活呀。」

『我也有同感。』

「這世界眞美，可惜我們不能只是因爲欣賞這世界的美而活著。」

她嘆口氣，接著說：「我們得用心生活，還得工作。」

『我去幫妳買杯咖啡吧。』

「咦？」她很疑惑，「怎麼突然要幫我買杯咖啡呢？」

『我猜妳是那種喝了咖啡後，就會覺得世界的顏色已經改變的人。』

我笑了笑，『所以我想讓妳喝杯咖啡，換換心情。』

「謝謝。」她終於又笑了起來。

這裡的環境我並不熟悉，走了三個街口才看到一家咖啡連鎖店。

買了一杯咖啡和兩塊蛋糕，走出店門時，天空開始飄起雨絲。

我冒雨回去，幸好雨很小，身上也不怎麼濕。

到了補習班門口時，隔著自動門跟她互望，發現她的眼神變得很亮。

我刻意多停留了十幾秒，再往前跨步，讓自動門打開。

「我想畫圖。」她說。

『我知道。』我說。

「我有帶筆，可是卻忘了帶畫本。」她說。

『我的公事包裡有紙，我拿給妳。』我將咖啡和蛋糕放在她桌上，

『以後不要再這麼迷糊……』一講到迷糊，嘴巴微微張開，無法合攏。

「怎麼了？」

『我的公事包還放在那家咖啡館。』我很不好意思。

「沒關係。」她笑了笑，「這裡紙很多，隨便拿一張就行。」

她找了張紙，開始畫了起來。
我背對著她，面向門外，並祈禱這時不要有任何電話來打擾她。
我的視線穿過透明的玻璃門，依稀可見天空灑落的雨絲。
雨並沒有愈下愈大，感覺很不乾脆，像我老總的彆扭個性。
「畫好了。」她說。

圖上畫了一個女孩，面朝著我，是很具象的女孩，並不抽象。
我一眼就看出她畫的是自己。不是我厲害，而是她畫得像。
女孩似乎是站在雨中；或者可說她正看著雨。
由於紙是平面，並非立體空間，因此這兩種情形在眼睛裡都可以存在。
當然從科學的角度而言，只要看女孩的頭髮和衣服是否淋濕，
便可判斷女孩是在雨中，或只是看著雨。
但我並沒有從這種角度去解剖這張畫，我深深被女孩的眼神所吸引。

「你猜，」她說，「女孩是站在雨中？還是看著雨？」
『她站在雨中。』我回答。
她有些驚訝，沒有說話。
凝視這張圖，好像可以聽到細微的雨聲，然後我覺得全身漸漸濕透。
『我能感受到，妳在這裡真的很不快樂。』我轉頭看著她。
她更驚訝了。
我們沉默了很久，突然外面傳來嘩啦啦的聲響，下大雨了。

『這張圖讓我命名吧。』我打破沉默，『就叫：嘩啦啦。』

「嘩啦啦？」

『嗯。聽起來會有一種快樂的感覺。』我說，『而且最重要的是，雖然妳 站在雨中，但妳只會聽到嘩啦啦的雨聲，並不會被雨淋濕。』

「為什麼？」

『因為妳有我這把傘。』

她沒有回答，抬頭看了看我，眼神的溫度逐漸升高。

我微笑著看了她一會，再把視線回到那張「嘩啦啦」的畫時，

感覺畫裡的女孩已經不是站在雨中，而是正欣賞著雨。

改變

學藝術的女孩十點半下班後開車載我到那家咖啡館，但已經打烊了。
『明天下班後再來拿吧。』我說。
「那我送你回家吧。」她說。
『不用了，我們不順路。』我打開車門下了車，『明天咖啡館見。』
「好。」她笑了笑，揮揮手告別。

我坐捷運回家，一走進客廳，看到大東悠哉地看電視，我很驚訝。
「幹嘛？」大東說，「你那是什麼表情？」
『你怎麼會有時間看電視？』
「我的劇本寫得差不多了，想輕鬆一下。」
『那你應該去找小西，你好久沒陪她了。』
「這個時間她早睡了。」大東又看了看我，「你的公事包呢？」
『說來話長。』我坐了下來。

「嘿。」大東突然很興奮，拿出他寫的劇本，問我：「想看嗎？」
『好啊。不過我要抵一天房租。』
「喂。」
『不然我不看。』
「你不像是學科學的人。」他把劇本丟給我，「你應該是學商的吧。」
『嘿嘿。』我拿起劇本。

看了幾幕場景後，我說：『這個男主角一定很有時間觀念。』
「爲什麼你這麼覺得？」大東湊近我。

『因爲他有事沒事便頻頻看錶。』

「也許他很喜歡這隻錶。」

『是嗎？』我點點頭，『難怪他連潛水時也戴著這隻錶。』

「嘿嘿。」大東笑了。

『嘿什麼？』我看了大東一眼，『不過有些形容很詭異，比方說⋯⋯』

我翻閱的速度加快，邊翻邊找，然後唸出：

『他舉起左手大拇指，錶面散射出七彩炫光，讓他顯得意氣風發。』

『他在黑暗中振臂吶喊，只有錶面透出的水藍光芒見證他的憤怒。』

我轉頭問大東，『幹嘛要這樣寫？』

「說來話長。」大東說。

『喂。』

「有家鐘錶公司新推出一款手錶，原本要我負責廣告的業務。」

大東笑了笑，「我就把它跟這齣戲結合，可謂一舉兩得。」

『怎麼結合？』

「我讓鏡頭常常帶到這隻錶，不就是免費的廣告？」大東哈哈大笑，

「這隻錶的外型很炫，在黑暗中會發出水藍色的冷光，而且防水性可深達

　水下一百米，這些功能在戲裡面都很巧妙地被強調。」

『我原以爲你是老實的烏龜，沒想到你是狡猾的狐狸。』

「過獎過獎。」大東還是嘿嘿笑著，「還有更狠的喔。」

大東拿起劇本，翻到其中一頁，指出一句對白：

「我會一直愛著妳，直到我的錶慢了一秒。」
『什麼意思？』我問。
「這隻錶號稱一萬年才會誤差一秒，所以這句話的意思就是……」
大東站起身，舉起右手做宣誓狀，大聲說：「愛妳一萬年！」
說完後，他得意地笑著，愈笑愈得意，一發不可收拾。

『你對小西也有這般心思就好了。』我說。
大東緊急煞住笑聲，吶吶地說：「我對她很好啊。」
『是嗎？』
「這陣子太忙了，冷落了她。」大東有些心虛，「我會補償她的。」
『小西也沒要你做些什麼，你只要多放一點心思在她身上就好了。』
「其實我對她也很浪漫啊，就像她過生日的時候，我會……」
我見他過了許久都沒往下說，便問：『你會怎樣？』
大東沒反應，表情好像陷入昏迷的殭屍。

「完蛋了，昨天是她的生日。」大東苦著一張臉，「怎麼辦？」
『節哀順變吧。』我嘆口氣。
在我的認知裡，忘記生日幾乎是所有女孩子的地雷，踩到後就會爆炸。
「我怎麼會忘了呢？」
大東仰天長嘯，像一隻歇斯底里的馬。

「也許她知道我因為寫劇本太專心而忘了她的生日，」大東恢復鎮定，
「反而會稱讚我是個工作認真、值得託付的男人。」

『這是科幻小說的情節，不會出現在日常生活中。』我淡淡地說。

「說得也是。」大東說，「明天晚上的時間給我吧，我們一起幫她慶生。

　不過我已經跟 Katherine 她們約好要討論，乾脆她們也一起吧。」

『嗯，那就這樣吧。』我站起身，『我還要再扣一天的房租喔。』

「爲什麼？」

『因爲你犯了錯。』我打開房間的門，『我要代替月亮懲罰你。』

回到房裡，打開電腦，想將今天的進度整理到《亦恕與珂雪》的檔案，

卻想起那張記錄今天進度的紙，還留在咖啡館的桌子上。

那張紙的兩面都寫滿了密密麻麻的小字，還畫了很多奇怪的符號，

大概只有我自己才能看得懂。

老闆會不會把它當成垃圾丟掉呢？

不管了，先睡覺再說。

要進入夢鄉前，隱約聽到窗外傳來雨聲。

不禁回憶起今晚看到那張「嘩啦啦」的圖時，也曾短暫聽到雨聲。

但後來取而代之的，是一股渾身濕透的感覺。

我突然又想起以前老師所說的話：

「厲害的畫家，畫風時，會讓人聽到呼呼的聲音；

　畫雨時，會讓人聽到嘩啦啦的聲音；

　而畫閃電時，會讓人不由自主地搗住耳朵。」

我記得學藝術的女孩提到，她老師也說過類似的話。好像是：

「厲害的畫家，畫風時，會讓人感覺一股被風吹過的涼意；
　畫雨時，會讓人覺得好像淋了雨，全身溼答答的；
　而畫閃電時，會讓人瞬間全身發麻，好像被電到一樣。」

我是學科學的人，雖然覺得這兩種說法也許都對，
但一定會有一種說法比較接近真理。
因為不小心起動了思考機制，使得原本已躺平的腦神經又開始活躍。
雖然仍閉著眼睛，但腦子清醒得很，窗外的雨聲也聽得更清楚。
想了許久，還是得不到解答，決定逼自己趕快回到夢鄉。

然而窗外的雨，像圍攻喊殺的敵人，一波波向我進逼。
我像個盲劍客，只能聽聲辨位，然後揮舞手上的劍，斬去惱人的雨。
漸漸地，我聽不到聲音了，不知道是敵人被我砍殺殆盡？
還是他們變聰明了，無聲無息地逼近我？
但即使聽不到雨聲，我仍能感覺雨的存在，好像窗外的雨在心裡下著。
想聽不到窗外的雨，用力摀住耳朵即可；
一旦雨的聲音鑽入體內，那是躲也躲不掉的。

跟雨鏖戰了許久，我模模糊糊地睡著了。
然後我醒了，雨停了，天也亮了。
出門上班時，習慣提公事包的左手覺得空虛，走路時兩手擺動也覺得怪。
在公司大樓的電梯口碰到李小姐，她一看到我便問：「你的公事包呢？」
『說來話長。』我說。

電梯來了，但似乎只能再容納一人，我讓李小姐先進去。
她進去後，電梯因超重而發出警示聲，她只好再走出來。
我原本想走進去，但如果我進去時電梯不叫，豈不是洩漏李小姐的體重？
『我等下一班。』我說。

沒想到這一等便是幾分鐘，以致我走進辦公室時已超過八點一分。
禮嬤指了指牆上的鐘，微微一笑。但隨即問：「你的公事包呢？」
『說來話長。』我說。
「是不是忘了帶？」禮嬤又問。
『不是。』
「一定是忘了帶。」李小姐說，「這小子最近很混。」
『不不不不。』我急忙搖手說，『我沒有。』

「你以為你是陳水扁呀。」李小姐說。
『嗯？』我很納悶，『為什麼這樣說？』
「你講了四個『不』和一個『沒有』，這就是陳水扁說的四不一沒有。」
『很冷耶。』我說。
「你知道嗎？上班族也有所謂的四不一沒有哦。」李小姐哇哇地笑著，
「不要打我、不要罵我、不要扣我薪水、不要開除我，我沒有打混。」
『…………』
我冷到說不出話來，看了看禮嬤，她似乎也覺得咻咻寒。

李小姐的笑聲像鮮血，引來了小梁這頭鯊魚。

「這裡好熱鬧喔。」他轉頭看著我，「咦？你為什麼沒帶公事包？」

『說來話長。』我說。

「少在那邊裝神秘。」他哈哈大笑，「你根本就是忘了帶！」

『神秘也比你便秘好。』我回了一句。

「不錯。」李小姐拍拍我肩膀，「這句話有三顆星。」

我不想再跟小梁和李小姐閒扯淡，跟禮媽揮揮手後，走向我的辦公桌。

只走了七八步，便聽到後面又有人問：「為什麼沒帶公事包？」

現在是怎樣？不帶公事包有那麼偉大嗎？

『不爽帶不行嗎？』我一時衝動，邊說邊回頭。

說完「嗎」這個字後，嘴形保持大開，久久無法闔上。

「當然可以啊。」老總冷冷地說，「你不爽上班也行。」

『不要打我、不要罵我、不要扣我薪水、不要開除我，我沒有打混。』

我情急之下，說了李小姐所謂的四不一沒有。

「到我的辦公室來。」老總哼了一聲，便往前走，背影看來像隻公雞。

我畏畏縮縮跟在他身後，像一隻做錯事的小狗。

進了老總的辦公室，我輕輕把門帶上。他坐了下來，眼睛直視我，說：

「上次叫你寫服務建議書的那件案子，下星期招標，你跟我一起去。」

『好。』我說。

「趕快把簡報資料弄好，這兩天拿給我看。」

『是。』

「好了。」他靠躺下來,「你回去工作吧。」

『就這樣?』

「不然還要怎樣?」

『如果只要說這些,』我很納悶,『在外面說就好啊。』

「笨蛋!你喜歡我在外面大聲罵你嗎?」老總開始激動,

「我是給你留面子!」

我摸摸鼻子,趕緊逃離。

回到自己的辦公桌,想起服務建議書還留在咖啡館,根本無法做事。

我嘆了一口氣,左思右想該怎麼辦?

「喂。」李小姐走過來,「你又在混了。」

『我哪有。』我看了她一眼,『妳才混吧,到處晃來晃去。』

「我是來告訴你,員工旅遊可以攜伴參加。」她說,「你要不要攜伴?」

『攜伴要多交錢嗎?』我問。

「不用。」

『這麼好?』我又問:『如果我不攜伴的話,可以給我錢嗎?』

「當然不行。」

『那不就是:不攜白不攜?』

「沒錯。」

『嗯,我想想看。』

「記得早點告訴我,我要統計人數。」說完後,她就走了。

我的個性是如果找不到筷子，就會覺得吃不下飯。

因此不管我想認真做點什麼，只要一想到公事包，便覺得渾身不對勁。

就這樣東摸摸西摸摸混到午休時間，趕緊跑到那家咖啡館。

當我正準備推開店門時，聽見有人叫我的名字。

我回過頭，看見禮嬤。

「你來這裡吃飯嗎？」她說。

『這個嘛……』我搔搔頭，不知道該如何回答。

「你上次請我吃飯，」她笑著說，「這次該我請你了。」

她推開店門，我只好跟著走進。

「好可惜那個位子有人訂了。」禮嬤指了指學藝術女孩的專用桌。

我突然心跳加速，好像做了虧心事，紅著臉走向我的靠牆座位。

「這應該是家咖啡館。」禮嬤看了看四周，問我：「有供應餐點嗎？」

「當然有。」老闆走過來。

「可是我吃素呢。」她抬起頭看著老闆，「有素食的餐嗎？」

「有。」老闆說，「我不要放肉就是了。」

「老闆真幽默。」禮嬤笑出聲音。

老闆微微一楞。我猜他大概是這輩子第一次被人家形容為幽默。

禮嬤的眼神突然變得專注，好像正凝視著遠方。

過了一會，一字一字說出：「我——被——遺——棄——了。」
我嚇了一大跳，牙齒和舌頭同感震驚。
「你看那邊。」她倒是很正常，伸長右手，指著我身後的方向。
我回過頭，看見吧台上方掛著一個公事包，上面貼張字條寫著：
「我被遺棄了。」

我馬上跑到吧台邊，跟老闆說：『大哥，可以把公事包給我嗎？』
老闆二話不說，把懸掛在上方的公事包拿下，遞給我。
『謝謝。』我說。
拿著公事包回到座位時，禮嫣的眼神滿是笑意。
「原來這就是你所謂的『說來話長』哦。」
我有些尷尬，搔了搔發癢的頭皮。

「這家店不錯，老闆也很性格。」禮嫣看了看四周，「你常來嗎？」
『嗯。』我說，『下班時會進來喝杯咖啡。』
「很有生活情趣哦。」她笑著說。
『還好啦。』
「這裡的咖啡應該很好喝。」
『嗯，還不錯。』
「你似乎很緊張？」
『沒……沒有啊。』

我背對店門坐著，在心理學上這是一種容易產生不安全感的狀態。

每當傳來「噹噹」的聲音，我總會反射性地回頭看一眼。
雖然知道學藝術的女孩這時候不會出現，但心裡隱隱覺得不安。
好像是正幫小偷把風的人，只要看見閃爍的亮光，就以爲是警車出現。

老闆端著餐點走過來時，對我說：「她來了。」
我立刻從椅子上彈起，慌張地左顧右盼，但沒看到其他人出現。
「怎麼了？」禮嫣很好奇。
「他在演古裝劇。」老闆說。
「嗯？」禮嫣更疑惑了。
「古裝劇裡，皇帝的侍衛只要一聽到『有刺客』時，就是這種反應。」
「老闆真會開玩笑。」禮嫣又笑了。
「沒錯。」老闆看著我，「我是在開玩笑。」
可惡，這傢伙居然在這時候開玩笑。

這是我跟禮嫣第一次單獨吃飯，照理說我應該覺得皇恩浩蕩，
然後跪下高呼萬歲萬歲萬萬歲才對。
但我卻像隻容易受驚的貓，老覺得有野狗在旁窺伺。
禮嫣的心情似乎不錯，一直沒停止說說笑笑；
而我只是嗯嗯啊啊的，完全無法享受愉快的用餐氣氛。

幸好午休時間不長，我們又該回公司繼續上班。
「說好了是我請客，別搶著付帳哦。」禮嫣走到吧台，我跟在她身後。
「妳叫茵月嗎？」老闆說。

「不是呀。」禮嫣回答。

禮嫣回頭看著我，眼神很疑惑，似乎正納悶老闆問的問題。

我原本也很疑惑，但看到老闆手裡拿著一張紙，那張紙看來很眼熟。

我恍然大悟，那是我昨天寫了一些小說進度的紙。

我衝上前去，奪下老闆手中的紙，說了聲：『喂！』

「妳是學音樂的吧？」老闆無視我的激動，轉頭問禮嫣。

「你怎麼知道？」禮嫣睜大眼睛。

老闆沒回答，看著我手中的紙，我急忙將紙收進公事包裡。

禮嫣看看我，又看看老闆，眼睛愈睜愈大。

她正想開口發問時，我趕緊對她說：『上班時間到了。』

右手拉開店門要離去時，老闆在背後說：「依諧音取名字，很沒創意。」

我裝作若無其事，還朝禮嫣擠了個微笑。

「這是懦弱的創作者才會做的事。」老闆又說。

我用力深呼吸，試著讓開始發顫的右手冷靜下來。

「真可悲。」

『你管我！』我回過頭大聲說。

說完後，驚覺禮嫣在身旁，突然一陣尷尬，全身上下又麻又癢。

她倒是不以為意，跟老闆說 Bye-Bye 後，拉著我衣袖走出店門。

「你跟老闆是不是很熟？」她問。

『勉強算是。』我呼出一口氣，麻癢的感覺稍減。

「你們之間的對話很好玩哦。」

『是嗎?』我看了看她。

「嗯。」她點點頭。

「你那張紙到底寫些什麼?」

『沒什麼。』話剛出口,便覺得這樣的回答很敷衍,於是接著說:

『我在寫小說,那張紙上寫了一些草稿。』

「是這樣呀。」她問,「那為什麼老闆會問我是不是叫茵月?」

「因為妳學音樂,所以我小說中有個人物叫茵月,取音樂的諧音。」

「很聰明的作法呀。」她笑了笑。

『不。』我有些懊惱,『這是懦弱的創作者很沒創意的作法。』

「老闆是開玩笑的。」禮嫣說。

『他才不會開玩笑,他是認真的。』

「有一種人認真時像開玩笑,開玩笑時卻很認真。我猜老闆是這種人。」

『是嗎?』

「嗯。而且老闆的音樂品味很不錯哦。」禮嫣點點頭,「你可能沒注意,
　剛剛店裡播放的音樂都是很棒的古典音樂。」

我不是沒注意,而是我根本聽不出個所以然。

『我對古典音樂不熟。』我說,『對我而言,披頭四那個年代的音樂已經
　夠古老,可以稱得上是古典音樂了。』

「你是開玩笑的吧?」她突然停下腳步,眼神很疑惑。

她似乎對剛剛的話覺得不可思議，我趕緊笑著說：『我是開玩笑的。』

「嗯。」她也笑了笑，「我想你不可能連古典音樂是什麼都不知道。」

我暗自慶幸剛剛沒承認：其實我是認真的。

剛走進公司，小梁看到我便說：「還特地回家拿公事包，真是辛苦啊。」

說完便哈哈大笑，像專門破壞地球和平的怪獸的笑聲。

我轉頭輕聲對禮嫣說：『來玩一個遊戲好不好？』

「好呀。什麼遊戲？」

『我待會所說的任何一句話，妳只要重複句子中的第一個字就好。』

「嗯。」

『今天我到辦公室。』

「今。」

『遇見老總。』

「遇。」

『他問我。』

「他。」

我等小梁走近，提高音量問她：

『你喜歡的人是誰？』

「你。」

小梁好像聽到晴天霹靂，而且這個霹靂正好打中他的臉。

怪獸已經被消滅，正義終於得到伸張，我不禁嘿嘿笑了兩聲。

亦恕與珂雪

我愉快地晃著公事包往前走，留下一頭霧水的禮嬅，
和呆若木雞的小梁。

終於可以專心工作，我的心情好到無盡頭。
心情一好，事情做得就更順利。
只花一個下午，我便把簡報資料弄完。
下班時間一到，我把公事包緊緊抱在懷裡，離開辦公室。

一路上哼著歌到了咖啡館，隔著落地窗看到學藝術的女孩。
我推開店門，先拉下臉瞪了老闆一眼，再轉頭微笑著走向她。
「你今天的心情很好哦。」她說。
『是啊。』我說，『妳呢？』
「我在這裡的心情一直都很好呀。」
『嗯。』我坐了下來。

店裡的音樂果然是聽起來很有格調的那種，雖然我實在是不懂得欣賞。
對於音樂這東西，我始終只停留在流行歌曲這種程度。
不過在咖啡館內放流行歌曲似乎怪怪的，像我有次在一家咖啡館內，
聽到閃亮三姊妹的歌，差點將剛入口的咖啡吐出來。
如果禮嬅可以像學藝術的女孩那樣，說出：
「音樂是一種美，不是用來懂的，而是用來欣賞的。」
那麼我也許可以更親近音樂一些。

突然音樂聲停了，隨後老闆拿 Menu 走過來，遞給我。

「怎麼不放音樂了？」她問老闆。

「因為茵月沒來。」老闆說。

「嗯？」

「妳問他。」老闆指著我。

『喂。』我點了咖啡，將 Menu 還他，『別亂說。』

「茵月是學音樂的，珂雪是學藝術的，亦恕是個大白癡。」

老闆說完後，轉身走回吧台。

「怎麼回事？」她問我。

我有些尷尬，吶吶地說：『老闆看到我寫的小說。』

「不公平。」她說，「為什麼我沒看到？」

『說來話長。』

「喂。」

『我昨天把公事包留在這，我猜老闆已經偷看了一些。』

「這麼說的話，你的小說在裡面？」她指著我的公事包。

我有些不知所措，但還是點了點頭。

她拿出紙筆，我以為她要開始畫畫了，便探身向前想看究竟。

她卻伸出雙臂抱住面前的紙，說：「不讓你看。」

我有些無奈，打開公事包，拿出一疊紙遞給她，然後說：

『先說好，不可以笑。』

她用力點點頭，眉開眼笑。

她很悠閒地靠在椅背上，閱讀的速度雖然算快，但專注的神情絲毫不減。

她臉上一直掛著微笑，偶爾還會發出笑聲。

時間似乎忘了向前走動，窗外的陽光顏色也忘了要慢慢變暗。

從咖啡杯上冒出的熱氣愈來愈少，但她始終沒騰出右手來端起咖啡杯。

我想提醒她咖啡冷了，又怕打擾她。

她突然又笑出聲音，然後抬起頭看了我一眼，再回到小說上。

我原本是侷促不安的，但看到她閱讀的神情後，開始覺得安慰。

這跟拿給大東看的感覺完全不同，大東的角色像是評審，

而她只是單純的讀者。

我的第一個讀者。

如果對於她的畫而言，我是親人或愛人；

那麼我也希望，她是我小說的親人或愛人。

「還有沒有？」她已經翻到最後一頁。

『沒了。目前只寫到這。』

「好可惜。」她坐直身子，將小說放在桌上，「正看到精彩的地方。」

她終於端起咖啡杯，喝了一口，皺了皺眉頭說：「怎麼變涼了？」

『妳看了好一陣子了。』

「是嗎？」她意味深長地看了我一眼，「你很壞哦。」

『啊？』

「你幹嘛把我寫進去？」

『妳還不是把我畫進去。』

「說得也是。」她笑了笑，「難道這是我的報應嗎？」

我跟著笑了兩聲後，看看桌上的小說和面前的她，突然陷入一陣迷惘。

學藝術的女孩是小說中的珂雪，現實中的人看著小說中的自己，

是什麼樣的感覺呢？

如果我又把珂雪看著小說中珂雪的情節加入小說裡，豈不成了迴圈？

「怎麼了？」

『沒事。』我回過神，『自從開始寫小說後，變得比較敏感了。』

「其實你本來就是敏感的人，這跟寫小說無關，也跟你所學無關。」

『是嗎？』

「如果你學商或學醫，你還是一樣敏感，只是敏感的樣子不一樣，或是你
　不知道自己其實很敏感而已。」

『請妳把我當六歲的小孩子，解釋給我聽好嗎？』

「我不太會用說的，」她笑了笑，「用畫的好嗎？」

『這樣最好。』我恭敬地捧起她的筆，遞給她。

她咬著筆，看了看我，再偏著頭想一下，便開始動筆。

這次她畫畫的神情跟以前不太一樣，雖然仍很專注，但看來卻很輕鬆。

「畫好囉。」

她拿起圖左看右看，似乎覺得很好玩，便笑了起來。

我接過她手中的畫，然後她朝吧台方向伸出右手食指。

這張圖畫得很可愛，主要畫一隻獅子，角落附近還有隻奔跑的羚羊。

獅子有些卡通味道，因為牠穿了襯衫、打上領帶，鬃毛還梳成紳士頭。

雖然牠正在追逐羚羊，但奔跑的姿勢很滑稽，像在跳舞；

而嘟起嘴巴的樣子，倒像是哼著歌或吹口哨。

另外獅子的左前腳還綁了一個樣子像手機的東西。

『這張圖叫？』

「改變。」

「很多東西容易改變，但本質是不變的。」她說，「獅子可能學了音樂、

　藝術和科學，因此外型變了，甚至會唱歌。但狩獵本質是不會變的。」

『牠也學科學？』

「是呀。」她指著獅子的左前腳，「這是GPS，先進的科技產品。」

『牠裝個全球衛星定位系統幹嘛？』

「這樣不管牠追羚羊追了多遠，都可以找到回家的路。」她笑得很開心。

老闆端著咖啡走過來，看了這張圖一眼後，說：「只能換3杯。」

『3杯？』我大聲抗議，『太小氣了。』

「3杯就3杯吧。」她倒是不以為意。

老闆帶走「改變」後，她輕聲對我說：「老闆也是學藝術的哦。」

『真的嗎？』我非常驚訝。

「嗯。他的個性一板一眼，比較不喜歡活潑俏皮的畫。」

『這種人如果學音樂的話，大概會指揮人家唱國歌吧。』

「沒錯。」她朝吧台方向看了一眼,然後掩著嘴笑了起來。

「所以不管你學不學科學、寫不寫小說,你還是一樣很迷糊、容易尷尬、
　愛逞強,這是不會改變的。」
『嗯。』
「你寫的小說還要讓我看哦。」
『好吧。』
「我該走了。」她說,「有空多出去走走,我看你最近的氣色不太好。」
『嗯。Bye-Bye。』

她拉開店門時,我想起今天李小姐提到的事,趕緊站起身追了出去。
我在亮著紅燈的路口追上她,說:『跟我一起去玩吧。』
「嗯……」她似乎在猶豫。
『公司辦員工旅遊,可以攜伴,不用交錢。』
「會過夜嗎?」
『嗯。』
「那會不會不方便?」
『不方便?』我很納悶,『什麼地方不方便?』

綠燈亮了,她往前走,我還在原地思考這個不方便的問題。
當她走到馬路對面時,我才弄懂她的意思。
『妳放心!』我雙手圈在嘴邊,大聲說:『我們不必一起睡!』
話一出口,立刻驚覺不妙,下意識用雙手遮住眼睛。

以為這樣別人便看不到，跟掩耳盜鈴的那個人一樣笨。

過了一會，緩緩放下雙手，她仍然站在馬路對面，紅燈正好亮起。

「好！」她的雙手也圈在嘴邊，大聲說：「我跟你去！」

『我知道了！』我的雙手又圈在嘴邊，也大聲說。

「要幸福哦！」

我覺得這句話莫名其妙，但看到她臉上的調皮神情，便知道她在幹嘛。

『妳也是喔！一定要幸福喔！』

「要記得我們的約定！」

『我永遠不會忘記！』

「夏天吹過你耳畔的涼風是我！冬天照在你臉上的朝陽也是我！」

『夠了！不要在街頭寫言情小說！』

綠燈又亮了，我們同時轉身，她若無其事往前走、我回到咖啡館。

我收拾好公事包，走到吧台付帳。

「帶我去吧，我可以跟你一起睡。」老闆說。

我懶得理他，結了帳，離開咖啡館，走進捷運站。

路上我思考著那張「改變」，還有大東強調過的，小說人物的衝突問題。

衝突的應該是人與人之間，而非他們所學的領域。

換句話說，藝術和科學並不衝突，會衝突的只有人。

每個人的個性和本質並不會隨著所學的東西而改變，
就像獅子不會因為學了音樂而變成綿羊。
學了音樂的獅子可能會在追逐獵物的過程中哼著進行曲，
但嗜殺的本性是不會變的。
所以亦恕和珂雪也許會因為所學的東西不同，導致價值觀、思考邏輯、
思考事物的角度有差異，但他們之間的很多感覺是共通的。
只要感覺共通、內心契合，那麼所有的衝突都不會再是衝突。

回到家，屁股還沒在沙發上坐熱，便接到大東的電話。
他要我買一束鮮花和蛋糕，然後到餐廳一起吃飯。
我出門時想到應該送個生日禮物給小西，於是我便像花木蘭一樣，
東市買鮮花、西市買蛋糕、南市買禮物、北市買……嗯……餐廳在北市。

我雙手提滿了東西，走進餐廳時，只看到鷹男和蛇女兩個人。
『大東呢？』我問。
「接壽星去了。」蛇女說。
鷹男打了個大大的呵欠，然後說：「我等到大便都乾了。」
「別那麼噁心行不行。」蛇女瞪了鷹男一眼。

我坐下後沒兩分鐘，大東便帶著小西出現。
這家餐廳小有名氣，今晚生意又好，大東只能訂到一張四人份的圓桌。
「不好意思。」大東說，「大家稍微擠擠吧。」
「人們像天上繁星，一樣擁擠，卻又彼此疏遠。」

小西開了口，又是一句深奧的話。
鷹男、蛇女和我，三個人同時被冷到，久久無法動彈。

「先點菜吧。」大東說。
我們三個人這才恢復知覺，然後招來了服務生。
點完了菜，大東拿起我買的鮮花送給小西，並說：
「對不起，昨天是妳生日，今天才幫妳慶生。」
「沒關係。」小西接下鮮花，露出微笑，然後說：
「我們不能，站在今天的黎明中，去訴說，昨日的悲哀。」
我和鷹男、蛇女面面相覷，試著理解小西想表達的意思。

小西的臉上始終掛著淺淺的微笑，看似心情不錯，
但其實小西的情緒像杯水，除非端起來喝，不然是看不出溫度的冷熱。
吃完飯、切完蛋糕後，我們四人各送一件禮物給小西。
「你們的盛情像海，可以感受到，小河的謝意嗎？」小西說。
「我們都感受到了。」
我和鷹男、蛇女為了不再讓小西說出深奧的話，幾乎是異口同聲說。

我們開始閒聊，聊著聊著，就聊到大東和小西在一起的經過。
「大東是我的學長。」小西說，「我原先像老鼠，只能偷偷的，喜歡他。
　後來像貓，小心翼翼的，維繫我們的感情。」
「現在呢？」蛇女問。
「現在像狗，想擁有自己的地盤。」小西嘆口氣，「只可惜，我的地盤，

在海上。所以，注定要漂流。」
我瞥了一眼大東，覺得他的眼神看起來像是正被農夫責罵的水牛。

現場的氣溫迅速降了下來，跟其他桌的熱鬧成了強烈的對比。
我們這桌好像是選舉開票後，落選那一方的競選總部。
「我該走了。」小西站起身，「明天還有課，我得早些回去。」
「再待一會吧。」大東急忙站起身。
「不。」小西搖搖頭，「你們應該還有事，要討論。」
大東像當場被逮到偷摘水果的小孩般，紅著臉低下頭。

小西走了幾步，大東才追了過去。小西回頭說：
「別送了。有些路，還是要我自己，一個人走。」
這句話不太深奧，我聽得懂，小西在暗示什麼呢？

「唸書時，她知道我在創作，稱讚我有才華，並鼓勵我。出社會後，她看
我仍然在創作，便說我不切實際。」大東嘆口氣，「是誰改變了呢？」
『你們應該都沒改變吧。』我說。
「那麼到底是誰的問題？」大東問。
「應該都沒問題吧。」鷹男說。
「也許是吧。」大東說，「狗沒問題、貓也沒問題，但狗和貓在一起就會
　產生很大的問題。」
大東似乎被小西傳染，也開始說些深奧的話了。

「要不要聽聽我的意見。」蛇女說。
「為什麼要聽？」鷹男說。
「因為我好歹也是個女人。」
「看不太出來耶。」鷹男說。
「出去說吧。」蛇女狠狠瞪了鷹男一眼，「這裡不能抽煙。」

大東結完帳，我們走出餐廳。
蛇女點上一根煙叼上，吸了兩口後，仰頭吐了個煙圈。然後說：
「我曾經有個很要好的男朋友，後來他受不了我，便離開我。」
『是因為妳的個性？』我說。
「我想是因為長相吧。」鷹男說。
「是因為我的創作！」蛇女大聲說。
「喔？」大東很好奇。

「愛情就像口香糖一樣，剛嚼時又香又甜，嚼久了便覺得無味而噁心。」
蛇女將身體靠在路旁的樹幹上，仰頭吐個煙圈，說：
「剛認識時，他覺得有個會寫作的女友真好。後來對我的創作世界陌生，
　又覺得我把創作看得比他重要，我們便開始吵架。然後就散了。」
「妳沒對他施加暴力吧？」鷹男說。
蛇女踢了鷹男一腳，鷹男慘叫一聲。蛇女接著對大東說：
「我想你女朋友或多或少也有這種心情。」
「是嗎？」大東陷入沉思。

在我的印象裡，小西是個簡單的人。

喜歡一個人的理由很簡單，生活的理由也簡單，更嚮往著簡單的生活。

只要她喜歡的人開始笑，那麼全世界也會跟著笑。

相對而言，大東就複雜多了。

我突然想起今天老總叫我進辦公室的事，於是問大東：

『你知道為什麼只要有旁人在場，小西就不會對你發脾氣？』

「我不知道。」大東搖搖頭，「大概是不希望別人認為她很凶吧。」

『不。』我說，『她是給你留面子，不是留自己的面子。因為她知道，你
　是個愛面子的人。』

大東看了看我，若有所思。

「大東。」鷹男開了口，「我相信你跟我一樣，認為創作的目的是要完成
　自己、成就自己。對不對？」

「嗯。」大東點點頭。

「但如果創作的果實無法跟人分享，豈不是很寂寞也很痛苦？」鷹男說，
　「我相信她只是很想分享你創作過程的點滴，不管是甜的或苦的。」

「唷！你難得說人話。」蛇女嘖嘖兩聲，「這句話講得真好。」

『我也這麼覺得。』我說。

大東依序看著我、鷹男和蛇女，似乎想說些什麼，但始終未開口。

「去找她回來吧。」我、鷹男和蛇女這次又幾乎是異口同聲。

「好！」大東的眼睛射出光芒，轉身拔足飛奔。

『我帶鷹男和蛇女回家等你！』我朝著大東的背影喊叫。

話一出口便覺得糟，我竟然說出鷹男和蛇女，他們並不知道我這樣叫啊。

大東沒回頭，右手向後揮了揮，背影迅速消失在黑夜中。

愛情在哪裡？

「誰是鷹男？」
鷹男的眼睛瞪得又圓又大，雙手五指成爪，指節還發出爆裂聲。
「蛇女是誰？」
蛇女仰頭吐完煙圈後，伸出一下舌頭，並露出被煙燻黃的牙齒。
我感覺有一道涼涼的水流，順著背脊緩緩流下。
『現在國難當頭，我們不要談這種兒女私情。』我說。

我們三人攔了計程車，鷹男和蛇女一左一右，把我夾在後座中間。
一路上，我們討論如何幫大東，同時我也飽受鷹爪和蛇拳的攻擊。
下了車，回到家，我們終於得到結論：
蛇女負責對白、鷹男製造情節、我提供場景──我家客廳。
我撥了大東的手機，然後鷹男和蛇女分別交代他一些事項。
大東總算瞭解我們要他做的事情後，便掛了電話。

我們在客廳等了半個小時左右，大東帶著小西回來。
小西一進門，看見我們三個都在，似乎有些驚訝。
「我請他們留著當證人。」大東說。
「要證明什麼？」小西說。
「證明在我心裡，妳比什麼都重要。」大東說。
小西的神態顯得忸怩，我猜她應該臉紅了。

「對不起。」大東說。
小西楞了一下，沒反應過來。

「對不起。」大東又說。
「嗯？」小西的表情很困惑。
「對不起。」
「幹嘛一直說對不起？」
「對不起、對不起、對不起、對不起、對不起、對不起、對不起……」
「好了。」小西制止大東，「別再說了。」

「妳知道嗎？」大東說，「男人的一句對不起，相當於千金。」
「那你爲什麼，還一直說對不起？」
「因爲妳比萬金還重要。」
這次我很確定，小西的臉紅了。
我轉頭向蛇女豎起大拇指，並輕聲說：「這個設計對白很棒。」
蛇女揚了揚眉毛，非常得意。

大東拿起沙發上的《荒地有情天》，那是鷹男放著的。
「如果因爲這個劇本使妳覺得被冷落，那我寧可不要它。」
大東說完後，便動手撕破《荒地有情天》。
「別撕！」小西嚇了一跳，慌張拉住大東的手，「你寫得很辛苦呢。」
「我雖然辛苦，」大東說，「但是遠遠比不上妳的痛苦啊。」
話說完後，大東更迅速俐落地撕稿子，紙片還灑在空中，四處飛揚。
「不要這樣。」小西急得快掉下眼淚，「不要這樣。」
「對不起。」大東輕輕抱住小西，「對不起。」
小西終於哭了出來，大東輕拍她的肩頭，溫言撫慰。

『這段情節還不錯。』我轉頭朝鷹男輕聲說。

「那還用說。」鷹男的牙齒咬住下唇，發出吱吱聲。

「不過老土了點。」蛇女說，「而且太煽情。」

「妳的對白才無聊咧。」鷹男說。

『現在別吵起來。』我夾在他們中間，伸出雙手分別拉住兩人。

「你的稿子怎麼辦？」小西在大東的懷裡，抬起頭說。

「沒關係。」大東摸摸小西的頭髮，「沒事的。」

廢話，這當然沒關係。因為在電腦時代用鍵盤寫作的好處，

就是不管你在任何歇斯底里、心智喪失的狀態下撕掉或燒掉你的稿子，

檔案永遠在電腦裡睡得好好的。除非你極度抓狂拿榔頭敲壞電腦。

但即使如此，仍然有一種小小的叫作磁片的東西，完整保存你的稿子。

『男主角的表情看起來不夠誠懇，而且有些緊張。』我說。

「沒差啦。男女互相擁抱時，女生看不到男生的表情。」鷹男說。

「而且只要對白具殺傷力，女生很難抗拒的。」蛇女說。

我們三個開始討論這個場景的效果，原先刻意壓低的聲音也愈來愈大。

大東朝我們揮揮手，然後我回房間，鷹男、蛇女各自回家。

我想大東和小西之間應該沒事了，起碼大東已經知道小西要的是什麼。

打開電腦，把那張寫了小說進度的紙的內容，放進《亦恕與珂雪》。

弄了半天，眼皮愈來愈重，電腦來不及關，便迷迷糊糊爬到床上躺下。

醒過來時，已是嶄新的一天。

提著公事包出門上班，一路上又開始思考「改變」這個問題。
記得以前念大學時喜歡裝酷，面對女孩通常不太說話。
可惜那時受歡迎的男孩類型是能言善道、風趣幽默。
後來我的話變得多了起來，但卻開始流行酷酷的男孩。
這就像是林黛玉生在唐代或是楊貴妃生在宋代的狀況。
同樣的人，放在不同的時空背景下，評價可能會完全不同。

想著想著，步伐便比平時慢了一些，走進公司時已經超過八點五分了。
今天又沒辦法聽禮嫣唱歌，覺得很可惜。跟她打聲招呼後，便往裡走。
「等等。」禮嫣叫住我。
『有事嗎？』
「我也要玩第一個字的遊戲。」
『好啊。』我說。

「昨天我在辦公室。」
『昨。』
「你跟我玩一個遊戲。」
『你。』
「那個遊戲。」
『那。』
「是不是在佔我便宜？」

『是。』

『不好意思，那是……』我很尷尬，搔了搔頭。
「既然你承認是佔我便宜。」禮嫣說，「那我要處罰你。」
『好吧。』我的頭皮愈搔愈癢。
「我要你現在唱歌給我聽。」
『在這裡？』
「嗯。」她點點頭，「而且要大聲一點。」

我一時之間也不知道要唱什麼，禮嫣又一直催促著，
再加上最近老聽到閃亮三姊妹的《快來快來約我》，於是便順口唱出：
『快來快來約我，快來快來約我，我是你的新寶貝……』
李小姐剛好從旁邊經過，說：「你的歌聲很像劉德華哦。」
『真的嗎？』我很興奮，突然忘了尷尬的感覺。
「你真是個單純的傻瓜。」李小姐笑了起來，「這樣講你也信。」
『…………』我的尷尬迅速加倍。
「好了。」禮嫣掩住笑，「我原諒你了。」

我摸著鼻子走到辦公桌，慢慢釋放身上的麻癢。
打開電腦，印出簡報資料後，便走進老總辦公室，將簡報資料給他。
「你讓我想起我媽媽。」老總說，「小時候我媽常在廚房殺雞，殺雞時，
　在雞脖子畫一刀，下面拿個碗裝血。雞沒死透時，會發出一些怪聲。」
『這跟我有關嗎？』我很好奇。

「那種怪聲，跟你剛剛的歌聲很像。」

『…………』

可惡，最好是這樣啦！

「嗯。」老總看了簡報資料一會後，說：「就這樣吧，你準備一下。」

『好。』我轉身要離開時，老總又叫住我。

「我很感激你讓我想起我媽媽。」他說。

『那我這個月要加薪。』我說。

「好啊。」

『真的嗎？』我不敢置信。

「嗯，當然是真的。」他點點頭，「下個月再扣回來。」

今天一定不是我的日子，我得小心謹慎以免出錯。

我回到自己的辦公桌後，把所有的相關資料再確認一遍，

然後把需要的資料存了一份在 NOTEBOOK 裡，以便出門簡報時用。

剩下的時間便到工地去看看，看工程的進行是否順利。

到了下班時間，我還在外面的工地，於是自動解散，不回公司了。

但我還是專程走回在公司附近的那家咖啡館。

咖啡館對我而言，早已不是下班時的短暫休閒或是追逐靈感的獵場，

它是我和學藝術的女孩每天固定的交集。

快走到咖啡館時，看見一輛熟悉的紅色車子正在停車。
「嗨。」學藝術的女孩視線離開後視鏡、手離開方向盤，跟我打聲招呼。
「砰」的一聲，紅色車子撞到後面車子的保險桿。
她吐了吐舌頭，我四處張望沒看見任何異動，跟她說：『沒人看見。』
「我們趕緊去喝杯咖啡。」她看了看錶，「我待會還得去接小莉呢。」
『那就別喝了，我現在就陪妳過去。』我打開車門，鑽進車。

大約十分鐘的車程，我們到了一家安親班。
一進門，小莉便淚眼汪汪的跑過來抱住學藝術的女孩。
後面跟過來一個應該是老師的女子，絮絮叨叨地敘述發生的經過。
我聽了半天，整理出重點為：小莉、奔跑、撞、柱子、哭。
但她卻具有寫長篇小說的天分，比方描述奔跑時，會提及鞋子、鞋帶、
飛躍的腿、地面的情況、環境的氣氛和奔跑者的心理狀態。
等她說完後，小莉已經多哭了十分鐘。

「乖，不哭。」學藝術的女孩摸摸小莉頭髮，「小孩子要勇敢一點哦。」
小莉稍微降低哭泣的音量，但還是抽抽噎噎。
『對。』我在旁接腔，『小孩子要勇敢一點，所以要勇敢的大聲哭。』
小莉止住音量，從學藝術的女孩懷中探出頭，楞了楞後便露出微笑。

我猜小莉在女老師長達十分鐘的敘述過程中，應該早就想停止哭泣了，
只是她始終找不到停止哭泣的台階。
我給了她台階，她也給了我微笑，我想這是我和她之間友誼的開端。

學藝術的女孩看看時間還早，便讓小莉再去多玩一會。
然後跟我一起坐在草皮上，曬曬夕陽。

『怎麼今天是妳來接小莉？』我問。
「因為小莉的媽媽臨時有事。」
『喔。』
「你知道嗎？小莉的媽媽是個藝術工作者呢。」
『是嗎？』我很好奇，『我一直以為她是粉領族耶。』
「沒錯呀，她在一家百貨公司的化妝品專櫃工作。」
『那怎麼能算是藝術工作者？』
「當然算呀。」她笑了起來，「只不過她的畫布是女人的臉。」
我也笑了起來，並覺得這個草皮的綠，很柔和。

『妳很喜歡小孩子吧？』我說。
「是呀。」她說，「而且小孩子都是具有豐富想像力的藝術家哦。」
『是嗎？』
「小孩子很會想像，不是只靠眼睛接受的訊息來判斷『真實』這東西。」
她點點頭，「隨著被教育，小孩子逐漸分清楚哪些是真實、哪些是想像。
　但藝術的領域裡很難存在著真理，因為藝術是一種美。」
『藝術是一種美這句話，幾乎要成為妳的口頭禪了。』我笑了笑。

「對了，出去玩時，我可以帶畫具嗎？」她說。
『當然可以啊。』

「那太好了。」她笑了笑,「我好久沒在外面寫生了。」

『還會去泡溫泉喔。』

「是嗎?」她說,「那我也可以在溫泉邊,畫畫女體素描。」

『真的嗎?』我眼睛一亮,『要畫具象的喔,不可以畫抽象的。』

「好。」她好像知道我的意思,笑得很開心。

有一隻毛茸茸黃白相間的狗,朝我們緩緩走來。

『這隻狗好可愛。』我伸出右手,想逗弄牠。

「小心哦,牠是一隻會騙人的狗。」

『會騙人的狗?』我很疑惑,『狗怎麼騙人?』

牠突然吠了一聲,張口便咬,我嚇了一跳,幸好及時收回右手。

「沒錯吧。」她笑了笑,「牠會讓人以為牠很可愛,但其實牠很兇。」

『有一隻這麼兇的狗,小孩子們不是會很危險嗎?』

「不會呀。這隻狗具有牧羊犬血統,牠會把小孩子當羊群一樣保護。如果
　小孩子在戶外玩耍時跑得太遠,牠會把他們趕回來呢。」

『真的假的?』我說,『那豈不是成了牧孩犬?』

這真是一家神奇的安親班,不但有一個極具寫長篇小說天分的女老師,
還有一隻會騙人的牧孩犬。

時間差不多了,學藝術的女孩載著我和小莉到她工作的補習班。

剛下了車,我看到上次見過的金髮女子很興奮地喊聲:「Hi!」

Hi誰啊,在Hi我嗎?

我舉起右手，也說了聲：『Hi。』

但她卻繞過我，直接抱起小莉。

這洋妞的眼睛有毛病嗎？沒看到我高舉右手像自由女神嗎？

我只好順勢將舉起的右手改變方向，搔了搔頭髮。

學藝術的女孩看見我的糗態，在一旁掩嘴偷笑。

『今天不可以畫我。』我說。

「好。」她還在笑。

我看她今天似乎很忙，又有小莉要照顧，便跟她說我先回去了。

「明天咖啡館見。」她說。

『嗯。』我點點頭，又朝小莉說：『小莉再見。』

小莉跟我揮揮手，並給了我一個微笑。

回程的捷運列車上，我閉上眼睛休息時，突然有一股驚訝的感覺。

不是驚訝自己沒事竟然陪著學藝術的女孩跑來跑去；

驚訝的是，自己竟然不覺得陪她跑來跑去是件值得驚訝的事。

我甚至懷疑只要她說：「我想去ＸＸ。」，我立刻會說：『我陪妳去。』

不管ＸＸ是什麼地方、什麼行為或是什麼○○。

就像繪畫一樣，我無法將我的心態用具象的文字來表現；

只能用抽象的文字來表達。

回到家，打開門一看，大東和小西正在客廳看電視。

「回來了？」大東說。

『嗯。』我看他們依偎著坐在一起，便說：『沒打擾到你們吧？』

「坦白說，」大東哈哈大笑，「是有一點。」

小西有些不好意思，站起身說：「我去煮飯了。」

『有我的份嗎？』

「當然。」小西露出微笑。

『小西，妳要天天來喔。』我說。

「我是向日葵，只要這裡有陽光，我自然天天，向著這裡。」小西說。

從此以後，小西果然天天來。

當大東寫東西時，她就靜靜在一旁看書。

大東想休息時，她就陪他看電視或是出去走走。

她不要求大東在專心創作時還要注意到她，

但大東的視線只要從劇本上移開，回過頭，便可以看見小西的存在。

小西關心的不是大東的創作，而是大東因創作而引發的心情。

我也天天到那家咖啡館。

當學藝術的女孩在畫畫時，我也在一旁寫小說。

她會讓我看她的畫，我會讓她看我的小說。

我的小說進展得非常快速，不知道是因為心裡平靜了許多？

還是為了要讓她能看到更多內容？

公司方面的事也很順利，我每天幾乎都能控制在八點正進入公司，
因此禮嫣也唱了好幾首歌曲。
禮嫣的歌聲很好聽，甜甜軟軟的，好像棉花糖。
後來有些同事知道我和她之間的這個約定，還特地待在禮嫣旁邊，
如果我在八點正出現，他們會歡呼鼓掌，然後大家一起聽禮嫣唱歌。

要簡報的前一天，禮嫣問我要穿什麼？
『穿件襯衫、打條領帶就行了。』我說。
「我不是問你，我是問我該怎麼穿？」禮嫣說。
『妳也要去？』
「嗯。周總叫我也去。」
『比平常的穿著再稍微正式一點。』
「我明白了。」她說。

然而簡報當天，禮嫣竟然穿了件黑色禮服。
『妳……』我驚訝得幾乎說不出話，『我們不是去參加演奏會耶！』
「你不是叫我要穿稍微正式一點？」
『是"稍微"啊。』我說，『妳的稍微也太稍微了吧。』
「可是我已經沒戴項鍊和胸針了呀。」
『妳還想戴項鍊和胸針？』我不自覺地提高了音量。
她睜大眼睛，眨了幾次後說：「不可以嗎？」
我嘆了一口氣，說：『走吧，別遲到了。』

我開著老總的車，載著老總和禮媽兩人，我很緊張。

不是因為要報告，而是這輛車的一個輪子相當於我一個月的薪水。

到了會場，果然所有人的目光都集中在禮媽身上。

即使我已經上台開始報告，評審委員們還是會偷偷瞄她。

當我在台上報告時，禮媽偶爾會起身幫委員們加些茶水，

有些委員看到她走過來加水時，還會緊張得手足無措。

這也難怪，如果你走進一家餐廳，發現是盛裝的林青霞幫你擺刀叉，

你搞不好會把刀子拿起來自刎。

當我的目光剛好跟禮媽相對時，我也差點出狀況。

因為禮媽微微一笑，我便朝她比了個「Ｖ」字型手勢。

突然驚覺後，趕緊說：『這個第二點，就是……』

雖然混了過去，但我已冷汗直流。

這件工程案子，一共有四家公司競標，我們是第二家報告的公司。

等所有的公司都簡報完畢後，馬上會宣布由誰得標。

結果我們沒有天理的得了標。

回程的車上，禮媽很興奮，嘴裡還哼起歌。

老總則看起來很疲憊，一上車便閉上眼睛休息。

「真好，我們終於中標了。」禮媽說。

『是得標，不是中標。』我說。

「有差別嗎？」

『當然有差。一個要看醫生，另一個不必。』

「為什麼？」她似乎聽不懂。

『因為所謂的中標就是……』

「你給我閉嘴！」老總突然睜開眼睛，大聲對我說。

我只好閉上嘴，專心開車。

「過了下班時間了哦！」禮嫣看了看錶，「周叔叔，我們去吃飯吧。」

「好啊。」老總微笑著回答。

我很納悶她怎麼不叫「周總」，而改叫「周叔叔」？

「要吃大餐哦。」禮嫣很開心。

「那是當然。」老總笑了笑，又對我說：「你也一起去吧。」

『不好意思，我還有事。』我說。

然後我下了車，老總載禮嫣去吃飯。

老總的車子離開視線後，我趕緊招了輛計程車到那家咖啡館。

推開門的力道因為匆忙而顯得太大，「噹噹」聲急促而尖銳。

「你似乎很匆忙？」學藝術的女孩說。

『再忙，也要跟妳喝杯咖啡。』我說。

「你今天打了領帶耶。」

『因為今天要上台報告。』

我點完了咖啡，擦了擦額頭的汗。

『對了，明天早上七點集合，我們6點55分在這裡碰面。』我說。

「要幹嘛？」

『出去玩啊。妳忘了嗎？』

「不好意思。」她吐了吐舌頭，「眞的忘了。」

『還有，別忘了帶泳衣。』

「泳衣？」她很疑惑，「爲什麼？」

『因爲要泡溫泉啊。』

「如果要穿泳衣，那還泡什麼溫泉？」

『這話很有道理。不過有時是男女一起泡，所以……』

「如果是男女分開泡，那我可不可以不要穿泳衣？」她說。

『當然可以啊！』我說，『今晚記得要早點睡，把眼睛養好。』

「眼睛？」她很好奇，「爲什麼？」

『妳不是要在溫泉邊畫女體素描嗎？眼睛好，才能看得清楚。』

「哦。」

『如果其他女孩想穿泳衣泡，妳要對她們曉以大義，知道嗎？』

「我知道。」她笑了笑，「必要時，我會以身作則。」

我咖啡剛喝完，她也該去上班了。

我和她一起離開咖啡館，分手時，我再叮嚀她一次明早的事。

照慣例坐捷運回家，拿鑰匙開門時，故意發出清脆的響聲。

門打開後，先說聲：『打擾了！』，等過了十秒，再走進去。

因爲大東小西的感情愈來愈好，我怕突然開門進去會看到激情的場面。

小西看見我回來，便起身到廚房煮飯，大東則和我在客廳閒聊。

我告訴他說，明天要出去玩，他說寫完劇本後，也想帶小西出去玩。

「去哪裡玩呢？」小西問。

「我帶妳去很棒很好的地方。」大東回答。

「不可以花太多錢。」小西又說。

「為了你，再貴也值得、多苦都願意。」大東說。

『夠了喔。』我說，『這裡還有旁人在耶。』

大東自從在家裡演了一齣浪子回頭後，便開始有講煽情對白的後遺症，

常常讓我聽得汗毛直豎。

吃飯時，我跟他們說要去東部泡溫泉，他們說這個季節泡溫泉最好。

「我們也可以來個鴛鴦泡。」大東對小西說。

我握住筷子的右手，劇烈地顫抖著。

飯後回到客廳，大東突然說想看我寫的小說，我立刻回房間去列印。

印完後，算了算大概有一百多頁，走出房間拿給大東。

大東拿到稿子便低頭專心閱讀，我跟小西繼續閒聊。

『小西妳愈來愈漂亮了喔。』

「因為大東的體貼，像颱風，吹走了，我臉上的沙子。」

『沒錯。沙子不見，人自然變漂亮了。』

小西的話雖然還是深奧，但已在我的理解範圍內。

「看完了。」大東說。

『如何？』我問。

「嗯……」大東靠躺在沙發背上，沉吟了很久，說：「愛情在哪裡？」

『你說什麼？』

「愛情在哪裡？」大東又重複一遍。

「當初說過小說的主題得是愛情，不是嗎？」大東說。

『嗯。』

「可是在你的小說中，看不到愛情。」大東搖了搖頭，說：「不管是珂雪還是茵月，我看不出她們和亦恕之間，是否存在著愛情。」

我陷入沉思，努力回想小說中的情節。

我失眠了，腦子裡反覆出現大東那一句：愛情在哪裡？

是啊，在我的小說中，愛情到底在哪裡呢？

雖然小說中未必要描寫愛情，但當初說好是愛情小說，怎能沒有愛情？

會不會是因為我把生活寫成小說，所以如果我的生活中愛情沒出現，

小說中也一樣不會出現？

換言之，我對禮媽或學藝術的女孩，根本不存在著愛情的感覺？

天亮了，我雖然整夜閉上眼睛，但始終沒睡著。

打起精神漱洗一番，把小說稿子放進旅行袋，便出門去了。

我大約 6 點 50 分到咖啡館，學藝術的女孩還沒來，老闆反而出現了。

『你不是還沒營業？』我問。

「我是來告訴你，好好照顧她，別讓她出事。」

『開什麼玩笑？』我說，『我們是去玩，又不是上戰場。』
「你認為我在開玩笑嗎？」
老闆的臉很嚴肅，像法場中的監斬官。

老闆走了，走了幾步後又回頭看我一眼。
我還沒來得及納悶，學藝術的女孩便出現了。
我看她揹了畫架，便說：『要去打獵嗎？』
她笑了笑，沒有說話。
我接過她手中的袋子，帶著她走到公司樓下。

迎面走來李小姐和禮媽，我跟她們打了聲招呼。
「這位是你朋友？」李小姐問。
『嗯。』我說。
「怎麼稱呼？」李小姐微笑著問學藝術的女孩。
「我叫珂雪。」學藝術的女孩回答。
我嚇了一跳，轉頭看了她一眼，她臉上掛著微笑。

「很好聽的名字。」禮媽說。
「謝謝。」珂雪問：「妳呢？」
「我叫禮媽。」
「這名字更好聽。」
「謝謝。」禮媽也笑了。

我們上了車。

由於車子有 40 幾個座位，而我們大約只有 35 個人，

因此珂雪和我都是一個人坐，禮嫣和李小姐則坐在一起。

珂雪坐在窗邊，拿出畫本；我坐在她右側的窗邊，閉上眼睛休息。

我睡了一陣子，精神便好了些。

睜開眼睛，第一個反應便是向左看，剛好接觸她的目光。

她微微一笑，然後向我招招手。

我起身到她旁邊坐下，她把畫本遞給我。

她今天所畫的圖都很可愛，而且還洋溢著快樂的氣氛。

樹木啊、花草啊、行人啊，幾乎都帶著笑容。

『妳今天畫的圖，好像都會笑耶。』

「嗯。」她笑了笑，「因為我今天很快樂呀。」

「你知道嗎？」她說，「如果情緒也有方向性，那麼快樂的方向是向外；
  悲傷的方向是向內。」

『什麼意思？』

「人快樂時，會盡量往外看，愈看愈遠；而悲傷時，卻只能看到自己。」
她笑了笑，「你們學科學的人，不會認同這種說法吧？」

『不，我認同。』我說，『就像我在快樂時，會想出門看電影、逛逛街或
找地方狂歡；但悲傷時會一個人關在家裡，躲起來。』

「這樣解釋也可以啦。」她笑得很開心。

車子經過幾個旅遊景點後，終於在晚飯時分到了下榻的溫泉旅館。

先分配房間，禮嬅和珂雪同一間；我和一位單身的男同事同一間。

晚飯時，我、珂雪、禮嬅和李小姐坐同一桌，一切看來是如此美好。

但我遠遠看到小梁掛著邪惡的微笑走來，心情不禁往下沉。

「你怎麼了？」坐在我左手邊的珂雪問。

『沒事。』我說。

「你好像是一顆氣球，正看到一根針逐漸逼近呢。」珂雪說。

『這個比喻好。』我反而笑了。

「唷！」小梁把手搭在我的肩上，「怎麼不介紹你身旁的美女呢？」

「你好，我叫珂雪。」珂雪說，「請問你是？」

『他是爸爸的姨太太。』我說。

「嗯？」珂雪聽不懂。

『小娘（小梁）。』

坐在我右手邊的李小姐噗哧一聲，然後掩嘴對我說：

「雖然很冷，但這句話還是有三顆星。」

小梁瞄了我一眼後，還是不識相地擠進我們這桌。

「委屈大家陪我吃素了。」禮嬅說。

「是啊，委屈大家了。」小梁立刻接著說，「但希望大家能夠跟我一樣，
 充分享受吃素的樂趣。」

『不好意思。』我轉頭輕聲對珂雪說，『忘了告訴妳，這桌吃素。』

「沒關係，我屬兔。」珂雪笑了笑，「不過看不出來你是吃素的人。」

『坦白告訴妳。』我聲音更輕了，『我坐錯桌子了。』
珂雪笑了起來。禮嫣好奇地看著她，她報以微笑，然後開始動筷子。

吃過飯後，我回到房間，休息了一陣子，準備去泡溫泉。
但我在旅行袋裡翻來翻去，就是找不到泳褲。
雖說這裡的溫泉是男女分開泡，但我是個生性害羞保守的人，
不想在溫泉邊跟其他男人比大小。
只好把小說稿子帶著，走出這家溫泉旅館。

這家溫泉旅館蓋在山腰，我往山下走去。
山腳下有家咖啡館，號稱有溫泉咖啡，我便走了進去。
咖啡的味道還可以，視野和氣氛也不錯。
開始構思小說接下來的情節時，腦子裡卻一直浮現大東所說的，
愛情在哪裡的問題。
我坐了許久，始終得不到解答。

離開咖啡館，往上走，慢慢走回溫泉旅館，一進旅館便看見珂雪。
『泡完溫泉了嗎？』我問。
「嗯。」她甩甩微濕的頭髮，「很舒服。你呢？」
『我沒帶泳褲，所以沒去泡。』
「真可惜。」她說，「難怪你看起來悶悶的。」
『還好啦。』
「告訴你一個會讓你振奮的事。」她說，「我有畫女體素描哦。」

『真的嗎？』

我果然振奮了，雙手顫抖著接下她遞過來的畫本。

「不過只有李小姐肯讓我畫耶。」

我正準備打開畫本時，聽到她這麼說，嘆口氣，把畫本還給她。

「你不看嗎？」珂雪很納悶。

『為了晚上能睡個好覺，我不能看。』

「怎麼這樣說。」她笑了笑，「其實從某種角度看，她的身體很美。」

『哪種角度？』我說，『是指閉上眼睛這種角度嗎？』

「沒想到你嘴巴這麼壞。」她又笑了起來。

「你小說寫得如何？」她笑完後，指著我手中的稿子。

『今晚沒進度，而且我碰到一個嚴重的問題。』

「什麼問題？」

『愛情在哪裡。』

「嗯？」

我知道她不懂，於是跟她解釋當初開始寫小說的情形，和大東說的話。

「我明白了。」她說，「我畫張圖給你。」

我們找了一處看起來比較乾淨的草地，我陪她坐在草地上。

她將畫紙放在盤著的腿上，開始低頭作畫。

「畫好了。」

她畫得很快，沒多久便完成。

這張圖的天空下著大雨，一個女子右手遮住頭，向前疾奔。

『妳愈來愈厲害了，我彷彿可以聽到傾盆大雨的聲音。』我說。

「然後呢？」

『嗯……』我說，『也可以感覺全身濕透了。』

「好。」她頓了頓，說：「請你告訴我，在這張圖中，雨在哪裡？」

『這些都是雨啊。』我指著圖上雨的線條。

「如果你可以聽到雨聲，那麼雨聲在哪裡？」

『啊？』

「你也可以感覺全身濕透，那麼被雨淋濕的感覺在哪裡？」

我看了看她，無法回答。

「你可以聽到雨聲，但卻看不到雨聲，不是嗎？」

『嗯。』

「你也可以感受到雨，但卻看不到這種感覺，不是嗎？」

『嗯。』

「我想小說應該也是如此。從文字看不到愛情，不代表愛情不存在，因為
　愛情未必存在於文字中。」

她笑了笑，接著說：

「你也許可以聽到愛情，或是感受到愛情，但這種聲音和感覺都不會存在

　於作者的文字中，它們是出現在讀者的耳際和心裡。」
她這席話讓我很震驚，我低頭看著畫，說不出話來。

「我再畫一張圖吧。」她說，「接下來的這張圖就叫：愛情在哪裡。」
『妳好像是急智畫家喔，我隨便點個圖名，妳就可以開始畫。』
「那你應該拍個手吧。」她笑著說，「我畫得很辛苦呢。」
我啪啦啪啦鼓起掌來，她說了聲謝謝後，又低頭開始畫。
這張圖她畫得更快，一下子便完成。
畫面上有一對相擁的男女，男的右手勾在眉上，正翹首眺望；
女的右手圈在耳後，正側耳傾聽。

『我明白了。』我說。
「明白什麼？」
『他們不管是用看的或是用聽的，都找不到愛情。』我指著圖說，
『因為愛情不存在於畫紙上，愛情存在於彼此相擁的感覺裡。』
她只是微笑著點點頭，沒有說話。

我覺得豁然開朗，站起身伸出右手，她把右手交給我，我拉她站起。
『我請妳喝杯咖啡。』我說。
「好呀。」她笑了。

我帶著她又走到山腳下的咖啡館，點了兩杯溫泉咖啡。

咖啡端上來後，我問她：『說到聲音，我一直有個疑問。』

「什麼疑問？」

『我老師說：厲害的畫家，畫風時，會讓人聽到呼呼的聲音；畫雨時，會讓人聽到嘩啦啦的聲音；而畫閃電時，會讓人不由自主地搗住耳朵。』

「這說得很好呀。」

『那為什麼妳的老師不是這樣說？』

「嗯，沒錯。」她端起咖啡喝了一口，接著說：「我老師說的是：厲害的畫家，畫風時，會讓人感覺一股被風吹過的涼意；畫雨時，會讓人覺得好像淋了雨，全身溼答答的；而畫閃電時，會讓人瞬間全身發麻，好像被電到一樣。」

『那麼誰說得對？』

「兩個都對呀，差別的只是程度的問題。」

『程度？』

「會聽到聲音，還是屬於感官；但如果能感受到，那就更深入了。」

『嗯？』

「如果矇上眼睛、搗住耳朵，便看不到、聽不到；但如果感覺鑽入心裡，難道你要叫你的心不跳動嗎？」

我突然想起那次雨聲鑽進心裡幾乎導致失眠的經驗。

「再舉個例子來說，如果我畫一枝箭正朝你射過來，你覺得聽到羽箭破空的聲音，和感覺被箭射中的痛苦，哪一種比較深刻呢？」

『當然是被箭射中的感覺。』

「所以囉，如果圖畫是畫家射出的箭，那麼最厲害的畫家射出的箭，不是
經過你耳際，而是直接命中你心窩。」

『我懂了。』我笑了笑，『妳老師說的厲害畫家，才是最厲害的。』

「其實藝術又不是技能，哪有什麼厲不厲害的。」她微微一笑。

咖啡喝完了，我們離開咖啡館，又往山上走。

走著走著，我轉頭問她：『為什麼妳要說妳叫珂雪？』

「不可以嗎？」

『不是不可以，我只是好奇。』我停下腳步，說：

『因為妳的名字不叫珂雪啊。』

她也停下腳步，看著我，微微一笑。

「你知道嗎？」她沒回答我的問題，「人大致可以分成兩種。」

『我知道。那就是男人跟女人。』

「不。我所說的這兩種人，一種是想成為最好的髮型設計師；另一種是想
擁有最好看的髮型。這兩者之間其實是衝突的。」

『為什麼？』

「髮型最好看的人是誰？」她笑了笑，「一定不會是最好的髮型設計師。
因為他沒辦法幫自己弄頭髮。」

『這跟妳叫珂雪有關嗎？』

「從這個道理上來說，」她還是沒回答我的問題，「我也許可以成為最好

　的畫家，但我一定沒辦法完整地畫出我自己。」

『喔。』我愈聽愈納悶。

「但在你的小說中，我卻可以看到自己被完整地呈現。」

『是嗎？』

「嗯。」她點點頭，「所以我要叫珂雪。」

『好，沒問題。』我繼續往前走，說：『妳就叫珂雪。』

「謝謝。」她笑得很開心，也跟著走。

『如果這部小說寫得不好，妳不要見怪。』

「不會的。」她說，「不過我對這部小說有一個要求。」

『什麼要求？』

「因為所有愛情小說中的女主角都會流眼淚，所以……」

『所以什麼？』

「這是一部女主角從頭到尾都沒掉眼淚的小說。」

悲傷

我又停下腳步。
她往前走了幾步後，見我沒跟上來，也停下腳步。

『爲什麼女主角從頭到尾都沒掉眼淚？』我問。
「因爲我不想掉眼淚。」
『那妳悲傷時怎麼辦？』
「就畫畫呀。這樣通常可以安然度過悲傷的感覺。」
『如果是巨大的悲傷呢？或是那種排山倒海而來的悲傷呢？』
「眞正的悲傷，是掉不出眼淚的。」

我仍然楞在原地咀嚼她講的話。
她看我遲遲沒有舉步，便往下走，來到我身旁。
我回過神，笑了笑，我們又開始往上走。

走沒多久，遠遠看到禮嫣和李小姐往下走來。
「嗨！」李小姐揮揮手，高聲說：「珂雪！」
「我和禮嫣要去喝杯咖啡。」她們走近後，李小姐說：「一起去吧？」
「好呀。」珂雪回答完後，看了看我，我點點頭。

我第三度來到那家溫泉咖啡館。
「你眞是一位神奇的客人。」看起來四十多歲的老闆娘對我說，
「第一次一個人、第二次兩個人、第三次就變成四個人。」

我笑了笑，沒說什麼。

喝第一杯咖啡叫享受、第二杯還可以接受、第三杯就只能忍受了。

我們坐了下來，珂雪坐我旁邊，禮嬋坐我對面。

李小姐一坐下來，便說：「珂雪有畫我哦，禮嬋妳要不要看？」

「好呀。」禮嬋說。

珂雪拿出畫本，她們三個便開始欣賞那張畫，而且邊看邊笑。

「很羨慕吧。」李小姐對我說，「想不想看？想看的話，求我呀。」

『我求妳不要讓我看。』

「你這小子！」李小姐敲了一下我的頭，珂雪她們則笑得很開心。

「妳畫得好好哦。」禮嬋說，「妳是學畫畫的嗎？」

「嗯。」珂雪點點頭，「我是學藝術的。」

「那妳做什麼工作？」

「我在一家美語補習班當總機兼打雜。」

「跟我一樣耶。」

「真的嗎？」珂雪問：「妳學的是？」

「我是學音樂的。」禮嬋回答。

「我們都沒有學以致用。」珂雪笑了笑。

「可是我覺得做這個工作，可以讓我對生活有感覺。」禮嬋說。

「我倒是為了生活而做這個工作。」珂雪說。

我們沉默了一會，李小姐專注地看著以她為模特兒的畫，

禮嫣和珂雪相視而微笑，並沒有繼續交談。
我轉頭望著窗外，但窗外流動的溫泉水流持續冒著熱氣，
窗戶始終是模糊的。

「妳最想做什麼事？」禮嫣打破沉默。
「我想開個人畫展。」珂雪說，「妳呢？」
「我想開個人演奏會。」禮嫣回答。
可能是她們的答案很有默契，於是兩人便同時笑了起來。

「你呢？」珂雪問我，「你最想做什麼？」
「是呀。」禮嫣也附和，「你最想做什麼？」
『我想看珂雪的畫展，還有聽禮嫣的演奏會。』我說。
我的回答又讓她們兩人笑了起來。
『妳最想做什麼？』我試著喚醒仍然低頭看著畫的李小姐。
「嗯……」李小姐緩緩抬起頭，指著她的畫像說：「我想減肥。」
我們三個人不約而同笑了起來，我笑得最大聲，甚至有些失控。

結帳時，李小姐堅持要請客，因為珂雪把那張畫送給她。
離開了咖啡館，我們四人成一列往山上走去。
漸漸的，禮嫣和珂雪走在前面，我和李小姐走在後面。
禮嫣和珂雪沿路說說笑笑，聲音雖輕，但在寂靜的夜晚還是可以聽見。
由於李小姐腿短走不快，因此我跟她們的距離愈拉愈遠。
她們的談笑聲也隨著距離而愈來愈細微，最後我只聽見禮嫣的聲音。

原先我很好奇，以為珂雪不說話了，所以我才只聽見禮嫣的聲音。
後來仔細一看，她們仍然持續交談，從未間斷。
雖然我聽不到珂雪的聲音，也無法在昏暗的光線下看清她的臉，
但珂雪說話時的神情在我心裡頭雪亮得很。

我突然有一種感覺，如果用畫來比喻禮嫣和珂雪，
那麼禮嫣是會讓我聽到聲音的畫？
而珂雪則是讓我心裡有所感受的畫？

我下意識加快腳步，把李小姐拋在後頭。
一不小心，拿在手上捲成筒狀的小說稿子掉落，我蹲下身想撿起來。
首頁上只有《亦恕與珂雪》這五個字，珂雪在明亮處；
亦恕則被我的身影遮住而躲在陰暗裡。

撿起稿子的那一瞬間，腦子裡閃過珂雪所說的，
有想成為最好的髮型設計師，與想擁有最好看的髮型，這兩種人。
而最好的髮型設計師不會有最好看的髮型，因為他無法自己弄頭髮。
所以珂雪即使是最好的畫家，她也無法在畫裡完整呈現自己。
同樣的道理，即使我是最好的作家，但當我把自己當成亦恕時，
是否也無法在小說中完整呈現自己？
而大東無法在《亦恕與珂雪》中看到愛情在哪裡的部分理由，

是否也是因為我無法完整呈現亦恕的情感？

珂雪可以在我的小說中找到完整的自己，而我呢？
回想一下所看過的珂雪的畫，我發覺自己的身影和感覺都被完整呈現。
原來我也在珂雪的畫裡找到完整的自己。

「發什麼呆？」李小姐輕拍一下我的頭。
我回過神，看到自己還蹲著，便站起身。
「走吧，她們在等我們呢。」李小姐說。
我往上看，她們已到溫泉旅館的門口，正招招手，示意我們快點。

「再去泡一下溫泉吧？」李小姐提議。
禮嬡和珂雪都點點頭。
「如果泡溫泉能把自己泡瘦就好了。」李小姐說。
『接受事實吧。多泡只會脫皮，不會去掉脂肪。』我說。
「你也接受事實吧。」李小姐笑著說，「我們三個美女要去泡溫泉囉，你
　自己一個人只能回房間睡覺。」
『事實是只有兩個美女。』
我話一說完，拔腿就跑，不給李小姐用暴力攻擊的機會。

我回到房間，靠躺在床上，翻閱我的小說，仔細檢視亦恕的內心世界。
我發覺亦恕就像「愛情在哪裡」那幅畫裡的人，

始終是用看的和聽的，去找尋愛情。
卻不知道愛情早已在懷中，只要用心感受便能察覺。

我拿起筆，試著讓自己的內心平靜，但寫下的文字本身卻不失激動。
就好像垂釣一樣。
寫作的過程中，腦子裡不斷浮現珂雪所畫的圖，一張接著一張，
尤其是曾經在珂雪家中看到的三幅畫：痛苦、憂鬱和天堂。
我覺得這三幅畫洩露了最多部分的珂雪，也是她所畫的圖當中，
最接近完整呈現自己的圖。

我又想到珂雪曾說，如果你對一幅畫很有感覺，
那麼你有可能是這幅畫的親人或愛人。
如果是這樣的話，對於珂雪的畫而言，我是親人？還是愛人？

想著想著就睡著了，醒來後就準備開始第二天的旅程。
禮嬤和李小姐似乎很喜歡珂雪，每當到了一個景點下車遊覽時，
她們總是圍繞著珂雪。
有時小梁想擠進去湊熱鬧，但李小姐總能適時地讓他知難而退。
李小姐的角色像個保安人員，體型更像。

我通常在車子裡沉思或睡覺，下車時也是一個人亂晃。
只有一次和她們三人短暫共遊，那是在海邊的偶遇。

「西部的海像比薩,薄薄的。」李小姐笑說,「東部的海則像雙層漢堡,
　感覺很厚實。禮媽,妳說呢?」
「西部的海是輕音樂,東部的海是交響樂。」禮媽說。
「我覺得畫西部的海,要用水彩;東部的海最好以油畫呈現。」
珂雪說完後,看了看我。

『東海岸是岩岸,常見奇岩怪石的鬼斧神工,極少淺灘。西海岸是沙岸,
　有明顯的海灘,潮間帶又寬又廣。』我看著面前的海,接著說:
『所以說東部的海和西部的海……』
「走了走了。」李小姐不等我說完,兩手分別拉著禮媽和珂雪走開,
「這小子有病,在美麗的風景前面說這些莫名其妙的話。」
我楞在當地,過了一會才朝她們的背影大喊:『喂!我還沒說完耶!』

上了車後,珂雪主動坐在我身旁,說:「你話還沒說完呢。」
『什麼話?』
「東部的海和西部的海。」
『西部的海岸很溫柔,每天送走愛人離開後,又張開雙臂擁抱愛人回來。
　所以西部的海,像常常離開卻眷戀愛情的人。』我說。

「很傳神哦。」她笑了笑,「那東部的海呢?」
『東部的海岸很驕傲,雙手交叉在胸前,任憑海浪拍打,總是不為所動。
　所以東部的海,像熱烈追求愛情且不屈不撓的人。』
「嗯。你的想像力很棒。」

『那妳呢？』我說。

「西部的海是親人，要用水彩來表達明亮、溫暖的感覺。而東部的海則是
　愛人，色彩不能稀釋，最好用油畫來表達濃烈與熱情。」
我聽到她又用了親人和愛人的比喻，不禁一楞。
「怎麼了？」她說，「說的不好嗎？」
『不。』我回過神，說：『比喻得太好了。』

回程的路上，幾乎全車的人都在睡覺，珂雪、禮嫣也是。
我反而睡不著。
試著閉上眼睛，但老覺得心裡有東西在翻滾，始終無法入眠。
乾脆又把小說稿子拿起來看，只看了幾頁，眼皮便覺得沉重。
不知道該慶幸我的小說可以讓人心情平靜？
還是該慚愧它會讓人看到睡著？

車子回到公司樓下，已經是晚上十點多的事。
彼此簡單道別以後，大家便做鳥獸散。小梁跑過來對禮嫣說：
「很晚了，女孩子獨自回家很危險。我送妳回去吧。」
「不用了。」禮嫣搖搖頭，「我爸爸已經叫人來接我了。」
「喔。」小梁顯得很失望。
「別失望。」李小姐拍拍小梁的肩，「你送我回去吧。」
「這……」小梁欲言又止。
「我也是獨自回家的女孩呀。」李小姐說。

一輛黑色轎車接走禮嫣，李小姐拖著小梁走，我和珂雪則往咖啡館方向。

走到咖啡館時，發現老闆站在門口。

『咦？』我看了看錶，『這時候你應該打烊了啊。』

「你管我。」老闆回了我一句，接著說：「進來喝杯咖啡吧。」

「好嗎？」珂雪轉頭問我。

我只猶豫兩秒鐘，聽到老闆說：「不用付錢。」

我便朝珂雪點個頭，一起走進咖啡館。

我們還是坐在「已訂位」的那張桌子。

同一家咖啡館、同一個老闆、同一張桌子，但窗外的景色已完全不同。

以往都是下午到剛入夜的時分在這裡喝咖啡，但現在卻是深夜。

少了窗外的明亮，少了她畫圖、我寫小說的樣子，

讓我覺得坐在椅子上的感覺有些陌生與不自然。

珂雪好像一直在想著某些事，然後露出一個奇怪的微笑。

『笑什麼？』我問。

「你一定很喜歡她。」她收起奇怪的微笑，改用正常的笑容。

『喜歡誰？』

「禮嫣呀。」

我突然覺得耳根發燙，有些困窘。

「她是個很不錯的女孩子。」老闆端了咖啡過來，把咖啡放在桌子上。

『你又知道了。』我哼了一聲。

「上次你跟她一起來時，我就知道了。」

「你跟禮嫣一起來過？」珂雪睜大了眼睛。

『這個……』我覺得頭皮又麻又癢，用手抓了幾下，『那是因為……』

「嗯？」珂雪問。

『說來話長。』我說。

珂雪笑了笑，喝了一口咖啡後，便問：「說說禮嫣吧。」

『要說什麼？』

「說你為什麼喜歡她呀。」

『哪有。』我有些心虛。

「你別忘了，」珂雪笑了笑，「我看過你寫的小說。」

『真的要說嗎？』

「嗯。」她點點頭，「因為我想聽。」

『我第一次看到禮嫣，發現她很漂亮，沒多久，便覺得自己喜歡她。』

我喝了一口咖啡，接著說：『這樣會不會很膚淺？』

「膚淺？」珂雪問：「為什麼這樣說？」

『還不知道她是什麼樣的人，只因為長得漂亮便喜歡，難道不膚淺嗎？』

「如果喜歡美麗的東西就叫膚淺，那所有學藝術的人都很膚淺。」

『為什麼？』

「因為學藝術的人都在追求美呀。」她笑了笑，接著說：

「喜歡美麗的人、事、物是天性，不是膚淺。」

『是這樣嗎？』

「我們喜歡一幅畫的理由很單純，就是因為美。難道你是因為這幅畫心地
　很好、個性善良、會孝順父母和報效國家才喜歡它嗎？」她笑了起來，

「而且呀，喜歡美麗的畫的人，叫品味；喜歡美麗外表的人，卻叫膚淺。
　這樣講不公平吧。」

她還是笑著的，我也跟著笑了笑。

「有的畫雖然美，但就只是美而已，喜歡的感覺很簡單；但有的畫，可以
　讓人有共鳴或是感受，那便是更深一層的喜歡了。」她說。

『嗯。』我點點頭表示認同。

「如果禮媽是一幅畫，你的感覺是什麼？」

『剛開始是單純的喜歡，後來我覺得可以聽到聲音。』

「然後呢？」

『沒有然後了，就只是這樣而已。』我仔細想了一下，說。

「那麼我呢？」

『妳？』

「嗯。如果我是一幅畫，你的感覺是什麼？」

雖然這個問題我已經有答案，但突然面對時，我卻無法直接了當回答。

而且這問題並不像吃飽了沒、天氣如何、現在幾點那麼單純。

「打烊了。」老闆出現在我們桌旁。

『幹嘛突然說要打烊？』我說。

「太晚回去不好。」老闆收拾桌上的杯盤。

『怎麼開始關心我了？』我問。

「我關心的人不是你。」老闆說。

珂雪笑了笑，收拾好東西，我陪她一起走出咖啡館。

我們慢慢走到她的車旁，我幫她把東西放好，她發動了車子。

『妳剛剛那個問題，我想……』

「沒關係。」她搖下車窗，「等你想清楚了，再告訴我。」

然後她搖上車窗，揮了揮手，便開走了。

搭上最後一班捷運列車，我回到家。

客廳是一片黑暗，我猜大東大概不在，便直接回到房間。

洗個澡後，打開電腦，想把這兩天的進度寫進《亦恕與珂雪》裡。

只寫了幾分鐘，便呵欠連連。

關上電腦，直接撲到床上，沒多久便進入夢鄉。

早上醒來時，覺得精神很好，應該是昨晚睡了個飽覺。

出門上班時，還在地上撿到十塊錢，真是幸運。

一走進公司大門，看看牆上的鐘，剛好八點，臉上不由得露出微笑。

禮媽也笑了笑，清清喉嚨，開始唱：

「親愛的海呀，你是不是有很多話要說？
　爲何你的傾訴，總是一波接一波？
　不要認爲你的洶湧，我無法感受；
　我知道你激起的浪花朵朵，
　是戀人間的問候。
　請看看我的心，已被你侵蝕與淘落。
　但我是堅硬的岩石，只能選擇沉默。」

這首歌的旋律和歌詞我從未聽過，應該又是禮嫣自己作的歌。
「怎麼樣？」禮嫣問。
『很好聽，有一種澎湃的感覺。歌名叫？』
「我還沒命名呢。」
『這麼好聽的歌，怎麼可以沒有名字？』
「這樣呀……」她想了一下，「那麼，就叫海與岩吧。」
『海與岩？』我說，『嗯，不錯。』
「謝謝。」她笑了笑。

走到我辦公桌的路上，腦子裡還迴盪著這首歌。
禮嫣取名的方式跟我很像，我把小說叫：亦恕與珂雪；
她把歌名叫：海與岩。
看來我和她同樣都是不太會取名字的人。
不過，這首歌眞的好聽。

今天老總召集大家開個會，他說景氣漸漸復甦，公司業務也開始成長。
要不了多久，便可以恢復正常上班，薪水也會恢復正常。
照理說，這是一個好消息，可是我聽到時的第一個反應卻是：
下班後還能跟珂雪喝杯咖啡嗎？

如果恢復正常下班，那麼下班時間是五點半，可是通常會拖到六點。
珂雪六點半要上班，六點十分左右就得離開咖啡館。
這樣豈不是我剛走到咖啡館時，珂雪正好要離開？
就像《鷹女》這部電影的情節：
男子白天是人、晚上是狼；女子白天是鷹，晚上是人。
兩人註定無法以人形相見，只能在短暫的日夜交替時分，匆匆一瞥。

『太悲傷了。』我不禁嘆了一口氣，搖了搖頭。
「你其實可以不必悲傷。」老總說。
『眞的嗎？』
「你不要幹這個工作就可以了。」
我的思緒立刻回到會議現場，老總正瞪著我，我搔了搔頭，趕緊閉嘴。

如果公司的業務開始成長，那現在這種上班較爲清閒的日子，
恐怕是此情可待成追憶了。
寫小說久了，好像忘了自己的工作，以爲寫小說是生活的重心，
這實在不太應該。

話說回來，寫小說可以放棄，但要我放棄跟珂雪喝杯咖啡的機會，
那絕對是做不到的。
光是用想的，就覺得這是一件值得悲傷的事。

下班後，到咖啡館跟珂雪喝咖啡時，腦子裡還是在想這件事。
珂雪問我怎麼了？我跟她詳述老總開會時所說的話。
她說沒關係，還有禮拜六、禮拜天呀。
我想想也對，便不再自尋煩惱。

不過我又忘了要告訴珂雪：她是一幅會讓我心裡有所感受的畫。
而她也沒繼續問。
我想這樣也好，因為就像禮嬀所唱的：
我是堅硬的岩石，只能選擇沉默。

坐捷運回家的途中，我突然想到：我可以不必對珂雪明說啊。
我只要把對珂雪的感覺寫入《亦恕與珂雪》中，不就得了？
這樣珂雪看完小說後就會明白了。
想通了這點，我不禁在捷運列車上哈哈大笑，旁人都嚇壞了。

回到家以後，又出現一個好消息：大東的劇本終於寫完了。
大東很興奮，找來了鷹男和蛇女，並讓小西下廚請大家吃飯。
小西在廚房忙碌時，大東在客廳講解劇本的結局。

他愈講愈得意，還站在沙發上彈來彈去，有些得意忘形。

『你平時沉穩得很，但如果碰到興奮的事，卻顯得太激動。』我說。

「是啊。」鷹男說，「這算是個缺點。」

「嗯。」蛇女也點點頭。

「獅子，已經是萬獸之王，總不能，因為牠不會飛，就說牠不好吧。」

小西從廚房說出這段深奧的話，我們三人的嘴巴同時被凍住。

大東也差點從沙發上跌下來。

吃飯時，原本氣氛很熱烈，但蛇女突然掉下眼淚。

你看過蛇在流淚嗎？或是說，能想像嗎？

所以我驚訝得說不出話來。

「幹嘛哭？」鷹男問。

蛇女狼狽地擦拭眼淚，說：「我現在好醜好醜，所以不要跟我說話。」

「妳曾經漂亮過嗎？」鷹男說。

蛇女的臉色立刻由白變青，簡直比川劇中的「變臉」還迅速。

鷹男挨了三記重擊後，大東才問蛇女：「怎麼了？」

「只是突然覺得悲傷。」蛇女看了大東與小西一眼，

「我只要看見別人很幸福，就會為自己感到悲傷。」

「我倒是看見別人很悲傷，就會覺得自己很幸福。」鷹男說。

「你還想挨揍嗎？」蛇女說。

鷹男識趣地閉上嘴。

吃過飯後，大東與鷹男、蛇女在客廳討論，小西也在。

他們主要討論接下來的蛇女和鷹男的劇本。

我聽了一會，便回房間寫小說，寫著寫著，就想到悲傷這種東西。

悲傷真是一種神奇的情緒，總會無聲無息、無時無刻、莫名其妙而來。

幸好我還是睡得很安穩，沒被這種情緒影響。

但隔天一早進了辦公室，便感到悲傷，因為已經過了八點一分。

我垂頭喪氣地往裡走時，聽到禮媽說：「別忘了今晚的尾牙宴哦。」

『尾牙？』我停下腳步，很疑惑。

「昨天周總在開會時說的呀，今晚要吃尾牙。」

『是嗎？』

「你開會時一定不專心。」她笑了笑。

我不好意思笑了笑，昨天開會時一直在想著跟珂雪喝杯咖啡的問題，

所以根本不知道今晚有尾牙。

禮媽說尾牙的餐廳在公司附近的一家飯店內，時間則是晚上七點。

這次公司聯合其他三家有業務往來的公司共同舉辦尾牙宴，

算起來大概會有20桌。

關於尾牙，我最大的興奮是對於摸彩的期待。

去年抽中蠶絲被，蓋起來柔柔軟軟的，後來還用它來形容珂雪的笑容。

今年會抽中什麼呢？

正在幻想是否會抽中第一特獎時，老總把我叫進他的辦公室。

他跟我討論新接到的案子該如何進行，這一討論便是一整天。

五點過後，我開始坐立難安，但老總還沒有停止的跡象。

『可以了吧。』到了六點，我終於按捺不住，脫口而出：

『再討論下去就天荒地老了。』

「是日月無光吧。」

『知道就好。』

「嗯？」老總拉長了尾音。

我不敢再說話，只是呆坐著，並像蛇女一樣，不安分地扭動著腰。

「好吧。」老總看了我一眼，「明天再繼續。」

我立刻衝出老總的辦公室，整間公司的人都走光了。

氣喘吁吁跑到咖啡館，推開門，門把上的鈴鐺「噹噹」響個不停。

『我……』我雙手撐在桌上，上氣不接下氣。

「不用急。」珂雪微微一笑，「今晚我不用上班。」

『是嗎？』我坐了下來，『可是今晚公司要吃尾牙。』

「沒關係，我在這裡等你。」她說，「你去吧。」

『不。』我笑了笑，『先喝杯咖啡。』

喝完了咖啡，我直接走到飯店，很近，走快一點只要十分鐘。

進了餐廳，現場鬧烘烘的，好像所有的人同時高聲說話。

正四處張望想找個位子坐下時，看到李小姐向我招手，我走了過去。
「我幫你佔了個位子。」她拿起放在她右手邊椅子上的外套。
正準備坐下去，她又說：「我也幫禮嫣佔了一個。」
我看著她左手邊椅子上的皮包，領悟到今晚又得吃素。

禮嫣來了，一襲淺藍色的禮服，遠遠的在入口處發亮。
她緩緩走過來時，現場的音量分貝，大概減低了一半。
「今晚可以讓我穿更正式一點了吧。」
她指著衣服上的一些配件，對我笑了笑。
我也笑了笑，沒說什麼，只是突然覺得自己穿的外套很破舊。

「嗨！」小梁出現在我背後，雙手搭著我雙肩，「想念我嗎？」
我右手一鬆，筷子掉了下來。
「我回去洗個澡、換件衣服，差點就趕不上了。」他坐了下來，
「禮嫣，妳今晚好漂亮喔。」
「謝謝。」禮嫣笑了笑。
「你也說說讚美的話吧。」李小姐用手肘推了推我。
我實在無法自然地稱讚禮嫣，只好對李小姐說：『妳今晚好強壯喔。』
「你找死呀！」我的腦袋挨了一記李小姐的右鉤拳。

台上不時喊出中獎號碼，我拿出摸彩券比對，總是擦身而過。
禮嫣突然站起身，拉了拉衣服下襬，拿起杯子說：
「謝謝各位同事這幾個月來的照顧，小妹以果汁代酒，敬大家一杯。」

李小姐偷偷告訴我：「這段話是我教她說的。」

「禮媽是我們公司的榮耀，我們敬她一杯。」小梁站起身，高舉杯子。

雖然不情願隨小梁舉杯，但看在禮媽的份上，我還是乾了這杯。

摸彩的獎項愈來愈大，但中獎名額卻愈來愈少，我看著手中的摸彩券，

正緊張萬分時，台上突然傳來：「有請曹禮媽小姐。」

我心裡正納悶，只見禮媽站起身說：「該我上場了。」

她緩步上台，現場安靜了三分之一；坐在鋼琴前，現場又安靜三分之一；

掀開琴蓋，試彈了幾個音，最後的三分之一也安靜了。

然後響起一陣掌聲。

禮媽彈了一首像流水般嘩啦啦的曲子。

我不知道她彈的是什麼曲子，但聽起來卻有嘩啦啦的感覺。

嘩啦啦、嘩啦啦、嘩啦啦……

我竟然聯想到珂雪畫的那幅「嘩啦啦」的畫。

為什麼禮媽彈的曲子會讓我一直聽到嘩啦啦呢？

現場響起熱烈的掌聲，還有一些人高聲叫著：安可。

禮媽站起來，轉過身回個禮。

然後又坐下來，現場再度回復安靜。

她清了清喉嚨，調了調身旁的麥克風，開始邊彈邊唱：

「如何讓你聽見我,在你轉身之後。
　我並非不開口,只是還不到時候。
　每天一分鐘,我只爲你而活;
　最後一分鐘,你卻不能爲我停留。
　魔鬼啊,我願用最後的生命,換他片刻的回頭。」

禮嬡第一次唱歌給我聽時,就是唱這首,當時我整個人楞住。
現在也是。
後來她因爲約定的關係,前後唱過約 20 首歌,但這首歌卻不再唱。
我記得第一次聽到時,覺得這首歌的旋律很優美,雖然帶點悲傷,
但那種悲傷只像是冰淇淋上的櫻桃,並不會影響冰淇淋的味道。

可是我現在卻聽見一種悲傷的聲音。
這種聲音不是來自旋律、也不是來自歌聲,而是來自演唱者。
也就是說,禮嬡唱歌的神情讓我聽到悲傷的聲音。
就像是會讓我聽到聲音的畫一樣。

禮嬡唱完了,全場響起更熱烈的掌聲,但我忘了拍手。
我怎能爲悲傷的聲音拍手呢?
即使全場在禮嬡的手指離開琴鍵、歌聲停止時,響起如雷的掌聲,
我仍然可以聽到悲傷的聲音。
它根本不能被掌聲抵銷,也無法被掩蓋。

禮嫣回到座位，我發覺她臉上沒有淚痕，神色自若。

但我耳際還殘留一些悲傷的聲音。

我覺得我無法再看著她，起碼現在不能。而她似乎也有類似的心情。

於是我們的目光便像同性相斥的兩塊磁鐵，一接近便同時彈開。

尾牙宴結束了，我沒抽中任何獎項，算是一種小小的悲傷。

走出飯店時，遠遠看見禮嫣的藍色身影，我遲疑一下，還是走了過去。

「一起走走吧。」禮嫣說。

我四處張望，很怕小梁突然出現。

「你放心。」她說，「玉姍又拉著小梁送她回去了。」

『李小姐真是個好人。』我笑了笑。

我們並肩走了幾步，禮嫣說：「想聽我的故事嗎？」

『好啊。』

「我是家中的獨生女，從小父親就寵我，長這麼大，沒罵過我半句。」

她的聲音很輕，「我像是溫室中的花朵，不知道這世界上還有雨和風。」

『其實不知道比較好。』我說。

禮嫣笑了。

「我學的是音樂，雖然學得不好，卻依然熱愛。」

『妳太客氣了。』

「後來我發覺，我的音樂少了一種……」她似乎在想適合的形容詞，

「一種像是生命力的東西。」
『嗯？』
「就像關在籠子裡的鳥，即使歌聲依然悅耳，但總覺得少了點聲音。」
『什麼聲音？』

「用力拍動翅膀的聲音。」她說，「或者說，飛過山谷的回音。」
『喔。』
「我就像那隻籠子裡的鳥，但我想飛出籠子，用力拍動翅膀。」她說，
「所以我想走入人群，試著自己一個人生活。」
『妳父親會反對吧？』
「嗯。」她笑了笑，「不過他最後還是屈服在我的堅持之下。」
『妳父親畢竟還是疼妳。』

「可是他有個條件。」
『什麼條件？』
「只有一年。」
『一年？』
「我只能在外生活一年。」
『喔。』

「我剛開始是到百貨公司當播音員。」她清了清喉嚨，然後說：
「來賓曹禮嫣小姐，請到一樓服務台，有朋友找您。」
我笑了笑，突然想到以前逛百貨公司時，搞不好聽過她的聲音。

「後來到周叔叔這裡上班……」

『周叔叔？』

「他是我爸爸的好友。」她微微一笑，「在公司我叫他周總，下班後自然就改叫周叔叔了。我今晚能上台唱歌，也是周叔叔幫的忙。」

『原來如此。』我又笑了笑。

「我的故事講完了。」她停下腳步。

『妳的故事好像小說。』我也停下腳步。

「是嗎？」

『嗯。』

我們駐足良久，彼此都沒有移動的意思。

「自從在外生活以後，雖然日子過得比較苦，但收穫和體驗都很多。」她嘆口氣，「我其實是很捨不得的。」

『捨不得什麼？』

「今天是一年之約到期的日子。」

我喉嚨突然哽住，說不出話來。

「謝謝你這幾個月來的照顧。」禮媽說。

我還是說不出話來，連客套話也沒出口。

「今晚我唱的歌，好聽嗎？」

我點點頭。

「我特地唱給你聽的。」她淡淡地笑了笑，然後說：

「那你可以再說一個故事給我聽嗎？」

我用力咳了幾聲，終於可以說聲：『好。』

「謝謝。」她說。

『從前有個學科學的男孩，很喜歡公司裡的一個女孩，每天都會期待多看
她一眼、跟她說句話。但一開始，女孩很討厭他，沒多久女孩發現是她
誤會男孩，便不再討厭他。男孩為了討女孩歡心，會說故事給女孩聽，
也會做傻事。後來女孩要離開公司了，男孩很悲傷，耳邊不斷響起悲傷
的聲音。』

「然後呢？」

『沒有然後了，故事結束了。』

「你以前都可以讓我然後的。」

『以前說的，是虛構的故事；現在說的，是真實的故事。虛構的故事可以
一直然後下去；但真實的故事，沒有然後。』

「男孩還是可以跟女孩在一起的。」禮嫣說。

『妳覺得可能嗎？』我反問她。

她沒回答。但其實沒回答就是一種回答。

『妳知道為什麼男孩跟女孩無法在一起嗎？』我又問。

「為什麼？」

『因為男孩和女孩都在現實中生活，並不是存活在小說裡。』

「這個結局不好。」

『不是故事的結局不夠好，而是我們對故事的要求太多。』
禮嫣聽完後沉默了很久，我也跟著沉默。

「我想再玩一次第一個字的遊戲。」禮嫣打破了沉默。
『好。』我點點頭。

「今天我要走了。」
『今。』
「不會再回來了。」
『不。』
「有一件事要告訴你。」
『有。』
「我喜歡的人是誰？」
『我。』

「接我的車子來了。」
『嗯。』
「再見。」
禮嫣說完後，打開車門，回過頭，終於掉下眼淚。

黑色的轎車迅速消失在黑夜裡。
我沒聽見車聲，只聽見悲傷的聲音。

我試著開口說話，但總是說不出話來。
即使由喉間發出的嗯嗯啊啊聲，我聽起來，也很悲傷。

悲傷的聲音一直在我耳邊縈繞，趕也趕不走。
雖然想搗住耳朵，但又想到這是禮嫣最後的聲音，手舉到一半便放棄。
不知道站了多久，終於咬著牙，用力搗住耳朵。
過了一陣子，手緩緩放開，悲傷的聲音已經變小，漸漸聽不到了。

看了看四周，才發覺我和禮嫣一直站在那家咖啡館的對面！
突然想起珂雪還在咖啡館內等我，我立刻衝過馬路。
用力推開咖啡館的門，卻沒看見珂雪。
只見老闆冷冷地看著我。

「她走了。」老闆說。
『啊？』我終於可以正常發音。
「她留了個東西給你。」
老闆說完後，便遞給我一張畫。

畫裡只有一個女孩子，臉上沒有表情。
而她的右手，正拿著筆，在臉頰上畫了幾滴眼淚。
我完全沒聽見任何聲音，只覺得胸口有股力道在拉扯，很痛。
試著調勻呼吸，但氧氣始終不夠。

凝視這張畫愈久，女孩臉上的淚水便愈多，
我彷彿快要被這些淚水所淹沒。

我知道這張畫的名字了。
它一定就叫做悲傷。

愛人

「如果圖畫是畫家射出的箭，那麼最厲害的畫家所射出的箭，
　不是經過你耳際，而是直接命中你心窩。」
珂雪曾對我這麼說。
由此看來，珂雪一定是最厲害的畫家。

珂雪射出悲傷這枝箭後的第一天，我下班後仍然到咖啡館等她。
「已訂位」的牌子還在，但我等到咖啡館打烊，她卻未出現。
我和老闆之間沒有對話，他只在結帳時說了一句：「一共是120元。」
然後我掏錢、他找錢。

搭上捷運列車回家，我度過失眠的第一個夜晚。

珂雪射出悲傷這枝箭後的第二天到第十天，我每天都到咖啡館等她。
「已訂位」的牌子一直都在，但她始終沒來。
老闆連話都不說了，結帳時右手伸出一根指頭、兩根指頭、拳頭。
然後我掏錢、他找錢。

珂雪射出悲傷這枝箭後的第11天，是禮拜六，我早上十點就到了。
老闆正好打開店門開始營業，我直接走進去坐在靠牆座位。
「已訂位」的牌子消失不見，我心裡一陣驚慌，以為她不會來了。
只見老闆從吧台下方拿出「已訂位」的牌子，輕輕擦拭一下，
再走到靠落地窗的第二桌，放在桌上。

太陽下山了，對街商店的招牌亮起；招牌的燈暗了，黑夜吞沒整條街。

她依舊沒出現。

結帳時老闆的右手又伸出一根指頭、兩根指頭、拳頭。

我搖搖頭。

老闆再比一次：一根指頭、兩根指頭、拳頭。

我還是搖搖頭。

「什麼意思？」他終於開了口。

『我忘了帶錢。』我說。

「對面有提款機。」

『我連皮夾都沒帶。』

這是我和他這11天以來的第一次對話。

老闆凝視我一會後，說：「今天我請客。」

『謝謝。』我說。

「餓了吧？」

『嗯。』我點點頭。

「你去坐著等。」老闆轉過身，「我弄些東西來吃。」

我回到座位，安靜等待。

十分鐘後，老闆端了兩盤食物走過來，放了一盤在我面前。

『你那盤比較多。』我說。

老闆把兩盤食物對調，然後說：「吃吧。」

我吃了幾口，聽到他說：「我和她是大學同學。」

『不會吧？』我抬起頭，『你看起來像是她叔叔。』

「你想聽故事？」他說，「還是想打架？」

『聽故事。』我做了明智的選擇。

「大三時，她突然想出國去唸書。」

『爲什麼？』

「因爲她覺得她的畫是死的，沒有感情。」

『是嗎？』

「圖畫跟工藝品不一樣，你不會覺得花瓶在哭或笑，但一幅畫……」

『怎樣？』

「會。」他說，「畫會哭，也會笑。甚至可以讓看見它的人哭或笑。」

「她不想只學畫畫的技巧，她想學習如何在畫裡表達感情。」

『那還是可以留在台灣啊。』我說。

「在台灣，感情容易分散；在國外，全部的感情都會集中在畫裡。」

『她想太多了。』

「你懂什麼。」他瞪了我一眼。

我不想跟他頂嘴，於是說：『你說得對，我不懂。』

「她還在台灣唸書時，就喜歡來這家店，也說這裡的咖啡很好喝。」

『這家店不是你的嗎？』

「那時候還不是。」他說，「她出國唸書那幾年，我拼命賺錢，後來頂下
　這家店，也拜託店長教我煮咖啡。」

『那個店長人還真不錯。』

「不。他以為我是黑道人物，所以不得不教。」

我覺得很好笑，笑了幾聲。

老闆看起來酷酷凶凶的，又留了個平頭，難怪會讓人誤會是黑道中人。

「她回台灣後，幾乎每天都會來這裡喝咖啡。我不希望她花錢，又想看她
　繼續畫，所以我讓她用畫來抵咖啡。」

『嗯。』

「她給我的每幅畫，我都好好保存。有機會的話，想幫她開個畫展。」

『你人真好。』

「自從她認識你以後，便愈畫愈好，這點我該感謝你。」

『不客氣。』

「但她現在離開了，也是你造成，所以我無法原諒你。」

『對不起。』

我們開始沉默，同時把注意力回到餐盤。

『說說你吧。』我打破沉默，『你也是學藝術的，怎麼不繼續畫？』

「藝術是講天分的，跟她相比，我沒天分。」

『會嗎？』

「沒錯。我頂多成為藝術評論家，不可能成為好的藝術創作者。」

『為什麼？』

「創作者必須只有自己、保有自己；評論家卻能站在第三者的角度。」

『你沒有"自己"嗎？』

「認識她以後，就沒有了。」

老闆說完後，呼出一口長長的氣。

『你知不知道她去哪裡？』

老闆搖搖頭。

『你不是有她的手機？』

老闆站起身，走到吧台。從吧台下方拿了樣東西，再走回來。

「這是她的手機。」他把一隻紅色手機放在桌上，然後說：

「你要的話，三千塊賣你。」

『你有病啊，我要她的手機幹嘛！』

我有點生氣，不是因為三千塊，而是因為找到珂雪的機會更渺茫了。

老闆將盤子收回吧台，我也起身準備離去。

離去前，我抱著最後一絲希望，問：

『你知道她什麼時候回來嗎？』

「不知道。」他頓了頓，接著說：「但我會等。」

拉開店門後，我回過頭跟老闆說：

『你生錯年代了，在這個流行愛情小說的年代裡，你只能夠當配角；但在

流行武俠小說的時代，你絕對是一代大俠。』
老闆沒回答，走出吧台到靠落地窗第二桌，拿起「已訂位」的牌子，
再走回吧台，慎重地收進吧台下方。
我走出咖啡館，店內的燈也完全熄滅，陷入一片黑暗。
捷運最後一班列車早已離開，我慢慢走回家，不知道走了多久。

珂雪射出悲傷這枝箭後的第12天起，我不再到那家咖啡館了。

珂雪射出悲傷這枝箭後的第18天，我來到珂雪的住處。
應門的是小莉的媽媽，她一看到我，便說：
「原來是你這個沒良心的人。」
『我……』我瞬間頭皮發麻，不知道該說什麼。
「她不在。你可以走了。」
『她去哪裡？』
「不知道。她帶了畫具和畫架，只說要出去走走。」
『什麼時候回來？』
「她沒說。」

「輪到我問你了。」她說。
『嗯？』
「你有沒有跟她上床？」
『喂！』
「喂什麼喂？」她提高音量，「到底有沒有？」

『沒有！』我的音量也提高。

「那就好。」她說，「你還不算喪盡天良。」

我覺得跟她話不投機，而且該問的也問了，便往樓下走。

「她有打電話回來。」

『真的嗎？』我停下腳步，『她說了什麼？』

「我不知道。」她說，「是小莉接的。」

『喔。』

我又開始往下走，聽到她問：「你最近常熬夜嗎？」

『沒有。』我又停下腳步，『只是晚上睡不好，有些失眠。』

「難怪你皮膚看起來沒有光澤。」

『嗯？』

「我們公司最近新推出一套白拋拋系列的保養品，要不要試試看？」

『多少錢？』

「兩萬塊。」

『太貴了。』

「還有幼咪咪系列，只要一萬二。」

『還是太貴。』

「還有金閃閃系列、水亮亮系列、粉嫩嫩系列……」

我不等她說完，用跑的下樓，不再回頭。

搭完公車轉捷運，再走路回家，度過失眠的第18個夜晚。

珂雪射出悲傷這枝箭後的第20天，我來到小莉的安親班。

小莉正坐在草皮上低頭畫畫，我彎下身問她：『妳在畫什麼？』

「小皮。」她回答，但沒抬起頭。

我的視線往她的前方搜尋，看到那隻神奇的牧孩犬。

再低頭看看小莉的畫，畫裡的狗全身毛髮直立，有點像刺蝟。

『妳在畫小皮被雷打中的樣子嗎？』我問。

「什麼！」小莉雙手插腰，大聲說：「是小皮生氣的樣子啦！」

『畫得真好。』我乾笑兩聲，有些言不由衷。

小莉抬起頭看著我，眼裡透著懷疑。

『妳媽媽呢？』我試著問。

「她待會才會來接我。」小莉又低頭畫畫。

『我是問妳那個會畫畫的媽媽喔。』

「她走了呀。」

『她不是有打電話給妳嗎？她跟妳說了些什麼？』

「她叫我要乖乖的，還要聽媽媽的話。」

『她有說什麼時候回來嗎？』

「沒有。」

『妳還記得她說了什麼嗎？』

「你很吵耶！」

小莉轉身背對著我，似乎不想理我。

『妳知道嗎？』我移動兩步，走到她身旁，彎下身接著說：

『厲害的畫家，畫風時，會讓人聽到呼呼的聲音；畫雨時，會讓人聽到
　嘩啦啦的聲音；而畫閃電時，會讓人不由自主地搗住耳朵。』

小莉沒反應，我又繼續說：『而更厲害的畫家，畫風時，會讓人……』

話還沒說完，小莉突然站起身，一溜煙跑掉了。

然後我聽到狗的吠叫聲，不是來自小莉的畫，而是來自草皮的那端。

珂雪射出悲傷這枝箭後的一個月，我又開始繼續寫《亦恕與珂雪》。

自從禮媽和珂雪離開後，我原本已經停筆；

但現在覺得，我一定要往下寫、不斷地寫，才會化解心中的悲傷。

寫到【悲傷】這個章節時，我不斷聽到禮媽悲傷的聲音，

也感受到珂雪的悲傷。

於是寫完【悲傷】後，我再也寫不下去了。

不過我領悟到一個道理：

如果圖畫能讓人聽到聲音，也能讓人心裡有所感受；

那麼小說是否也是如此？

我把《亦恕與珂雪》拿給大東看。

當他看到小說中描述的那張「愛情在哪裡」的畫時，他突然有種感覺。

『什麼感覺？』我問。

「畫裡相擁的這對男女，應該就是亦恕與珂雪。」他說。

大東讓我更加確定，亦恕與珂雪之間，存在著愛情。

珂雪射出悲傷這枝箭後的兩個月，公司恢復正常下班。

但小梁卻提出了辭呈。

小梁說他才28歲，想出國再念點書。

其實自從禮嫣走後，我就不再覺得他是個討厭的人了。

在愛情小說中，最大的衝突通常不是來自不同，反而是來自相同。

也就是說，兩個男人喜歡相同的女人，或是兩個女人喜歡相同的男人。

這就是我和小梁之間最大的衝突點。

於是在我的小說中，小梁成了反派人物。

如果小梁也寫小說，那麼在他的小說裡，亦恕一定扮演著反派角色。

李小姐決定減肥，因為她沒陪禮嫣吃素的這兩個月來，胖了三公斤。

她開始運動、跑步，也不坐電梯了，爬樓梯到公司上班。

九樓耶！難怪如果我早上剛進公司時碰到她，她總是氣喘吁吁。

一個星期下來，我覺得她變壯了，大概是脂肪轉化為肌肉的緣故。

珂雪射出悲傷這枝箭後的三個月，我租了一輛車，開車到東部。

在花蓮附近，見到一大片油菜花田。

我不禁停下車，在這片金黃色的世界裡徜徉。

這就是珂雪那幅「天堂」的畫裡所呈現的景象啊。
我忘記所有的追求和悲傷，覺得又重新活了過來。

天空突然下起大雨，我一時之間忘了車子停在哪，
剛好看到附近有座房舍，便跑了過去，在屋外的簷下躲雨。
那似乎是一座莊園，有三四間簡單的磚瓦房，院子是一大片綠草地。
草地上擺放了二三十顆巨大的石頭，被人工雕鑿過。
我四下一看，屋外立了個小招牌，說明這是一座石雕庭園。

「年輕人。」一位看來六十多歲蓄著灰白長鬍子的老先生撐傘走過來，
「進來躲雨吧。」
看他面帶微笑，態度又很親切，我便點點頭說：『謝謝。』
我們一起撐傘走到庭園中的涼亭，他收了傘，說：「喝杯茶吧。」
我坐了下來，感覺頭上有雨，抬頭一看，涼亭的屋頂只覆蓋茅草，
於是大雨穿過茅草，在涼亭內形成幾股水柱。
我挪了一下位置，躲開雨柱，接過他遞來的熱茶。

涼亭外的大雨雖然傾盆，但涼亭內的老先生正燒著水沏茶。
我覺得溫暖而寧靜。
他問我從哪裡來？做什麼的？我據實以告。
然後說：『如果這座涼亭讓我來蓋，一定不會漏水。』
他聽完我的話後哈哈大笑，笑聲非常爽朗，像熱情的年輕人。

老先生一面喝茶，一面開始告訴我他的故事。
原來他是個素人石雕師，沒受過正統藝術學院的洗禮。
年輕時為了生活，不管工作性質，前後做過幾十種工作，但都做不長；
後來終於在石雕的世界裡，找到自己。

「我剛開始做石雕時，常潛到海裡找石頭。」老先生說。
『為什麼？』我很疑惑，『山上到處是石頭啊。』
「海裡的石頭更堅硬。」他說，「石頭愈硬，雕鑿難度愈高。這樣在雕鑿
　的過程中，更能感受到生命的力量。」
我發覺他年紀雖大，身體也看似孱弱，但眼神中卻蘊藏著巨大的能量。

雨似乎停了，他看了看涼亭外，說：「我帶你四處看看吧。」
『嗯。』我點點頭，站起身。
我們經過一間屋子，只見滿地都是壞掉的鐵鎚和鑿子，我很震驚。
右手拾起一隻沉重的鐵鎚，鐵製的部分已因反覆的撞擊而彎曲。
我心裡琢磨著，這要經過幾千次、幾萬次的用力敲打才會如此啊。
「有時我會覺得，跟我的石雕作品相比，這些才是真正的創作。」
老先生淡淡地笑了笑。

老先生的石雕作品都隨意擺在屋外的草地上，沒有多餘的裝飾。
「反正是石頭，也不怕日曬雨淋。」他笑著說。
他的作品似乎以中年婦女為主，而且都呈現圓潤與堅毅的感覺。

他說那是他母親的形象，一個典型的台灣農村婦女，樸實而健壯。

有一件作品則明顯不同，它比較像年輕女子，而且石頭形狀像蠶豆，
使她看起來像是懷抱著某樣東西，或某個人。
最特別的是，她的眼睛朝上，左眼被鑿空。
由於剛剛下了雨，鑿空的左眼內蓄滿了水，風一吹，水面揚起波紋。
『這個作品很特別，它叫？』我問。
「柔情萬千。」他回答。

「原先雕鑿時，並沒打算把左眼鑿空。」他說，「但後來鑿左眼時，覺得
　鑿壞了，乾脆把左眼鑿空，就變成現在這樣了。」
這個作品讓我目不轉睛，我的雙腳牢牢釘在地上。
「平時看來沒什麼，但只要下了雨，鑿空的眼睛內便有水，看起來還真像
　眼波的流轉。」他笑著說，「喜歡這個作品嗎？」
『很喜歡。』我點點頭，『而且石頭是那麼堅硬的東西，但這件作品竟然
　能傳達一種柔軟的感覺，很厲害。』
「哈哈哈……」他突然發聲狂笑，一發不可收拾。

我很疑惑地看著他，他停止笑聲後說：「有人說了相同的話。」
『是嗎？』
「三天前，有個女孩開車經過，那時也是剛下完雨。」他說，
「她和你一樣，停在這件作品前很久，然後說了跟你相同的話。」
『是這樣啊。』

「她應該是學藝術的，還畫了一幅畫送我。」

我心跳微微加速，然後問：『她開什麼樣的車子？』

『紅色的車子。』他笑了笑，說：「廠牌我不知道，我沒什麼錢，對車子沒研究。』

『我可以看她的畫嗎？』我的聲音有些顫抖。

他點點頭，走回屋內，拿出一張畫，遞給我。

這幅畫很忠實地呈現柔情萬千這件石雕作品，鑿空的左眼內水波盪漾，畫中女子的眼波便轉啊轉的，顯得含情脈脈。

女子的外緣畫了些線條和陰影，使她看起來像躺在一張極柔軟的床上，而這張畫紙，就是柔軟的床。

雖然我已經三個月沒看見珂雪的畫，但我對她的畫太熟悉了。

沒錯，這是珂雪的畫，我的眼眶開始濕潤。

『她……』

我一出口，便覺得聲音已沙啞，而且哽在喉嚨，無法再說下去。

「年輕人。」他微微一笑，「慢慢來，沒關係。」

我擦了擦眼角，說：『她還好嗎？』

「她很好。」他說，「不過她跟你一樣，看起來很悲傷。」

我剛剛應該失態了，平靜一會後，又問：『她有說什麼嗎？』

「坐著說。」他又帶我走回涼亭。

「她說……」老先生又開始燒開水，「快樂是向外的，悲傷卻是向內的。正因為悲傷，所以讓她看清了自己。」

『嗯。』

「她覺得自己可以在畫裡表達很多情感，唯獨對人，她還不會表達。所以她要不斷地畫，一面化解悲傷，一面學習表達對人的情感。」

『嗯。』

「但她畫了三個月，悲傷依舊，直到看見那件石雕，她才領悟。」

『她領悟了什麼？』

「她必須先把自己鑿空，才能蓄滿柔情。」

『鑿空？』

「嗯，她是這麼說的。」

『什麼意思？』

「我也不清楚。」他笑了笑，「她說她想要畫一幅畫，讓這幅畫能夠裝滿她對那個人的感情。」

『然後呢？』

「沒有然後了。她跟我說聲謝謝，就走了。」

『喔。』我很失望，低著頭不說話。

我覺得已經打擾他很久，而且雨也停了，便起身告辭。

他陪我走到門口，突然說：「對了，我有告訴她，要她早點回去。」

『她怎麼說？』

「她說她畫完那幅畫後，就會回去。而且她會讓那個人看到這幅畫。」

我說聲謝謝，轉身離開時，他又說：「別擔心，她會回去的。」
『嗯。』
「她是為你而畫的，所以你一定會看到那幅畫。」
『你怎麼知道？』
老先生又開始發聲狂笑，笑聲暫歇後，說：「我是個石雕師，我連石頭的
　感情都看得出來，更何況是人的感情呢。」
我臉上微微一紅，笑了笑，便離開那座石雕園。

開車回家，心裡覺得有些踏實。
我不必再像無頭蒼蠅四處找珂雪，只要安心等待即可。

珂雪射出悲傷這枝箭後的四個月，大東的《荒地有情天》終於開播。
從第一集開始，每晚九點，大東、小西和我都會守在電視機前。
「拜託，荒地耶！」大東大聲抱怨，「女主角竟然化了個大濃妝！」
「還有她穿的是什麼衣服？少一點蕾絲會死嗎？」
「我寫的是王寶釧耶！她竟然可以演成潘金蓮！」
「男主角抹的髮雕也太神奇了吧，風那麼大，頭髮竟然一點也不亂！」
「我要他演出在逆境中向上的勇氣，不是拿刀去砍人的狠勁啊！」
大東總是邊看邊罵，聲音通常蓋過電視機的音量。

小西曾安慰大東，說：「唐太宗之後的皇帝，是很難當的。」

『什麼意思？』我問。

「唐太宗，是那麼好的皇帝，繼任的皇帝，當然倍感壓力。」小西說。

『嗯？』我還是不太懂。

「大東故事中的人物，性格那麼美好，演員當然有壓力。」小西說。

我總算聽懂了。

一個月後，《荒地有情天》下檔。

看完最後一集後，大東跟我說：「你的《亦恕與珂雪》呢？」

『結局還沒寫。』

「為什麼？」

『因為結局還在進行中。』

大東聽不太懂，把我的小說稿子再拿去看一遍後，說：

「其實還是可以拍成電視劇。」

『是嗎？』

「不過要小心，茵月可能會被演成一個什麼事都不懂的千金大小姐；珂雪
  則會被演成好像不用上廁所的不食人間煙火的女子。」大東說。

『那亦恕呢？』我問。

「亦恕？」他說，「隨便找個人來演就可以了。」

『喂。』

「開玩笑的。」他笑了笑，「亦恕可能被演成油腔滑調的花花公子。」

『這麼慘啊。』

「沒辦法。」他聳聳肩，「這就是文字創作和影像創作的不同，文字總是
  可以給人想像的空間。」

278

我起身要回房時，大東又說：「你還是繼續寫結局吧。」

『可是……』

我不知道該如何告訴大東，因為珂雪還沒回來，也不知道她在哪裡，

所以結局根本沒辦法寫。

「故事沒結局很奇怪。」大東又說，「還是寫吧。」

我回房後想了很久，決定打開電腦，開始寫《亦恕與珂雪》的結局。

萬一珂雪始終沒回來，或是我再也看不到她，但總有一天，

當珂雪看到《亦恕與珂雪》的小說或電視劇，便會明白我的心情。

珂雪射出悲傷這枝箭後的六個月，禮嫣終於要舉辦個人的鋼琴演奏會。

老總給公司每個人買了張門票，要我們大家都去捧場。

他還特地把我叫進他的辦公室，說：「這張最貴的票，給你。」

我低頭看這張票，第五排的位置，很接近舞台了。

『為什麼對我最好？』

「因為你工作最勤奮、做事最用心……」

『是禮嫣交代的吧。』我不等他說完，便打斷他的話。

「你怎麼知道？」老總似乎很驚訝。

『因為工作最勤奮、做事最用心等等，不可能用來形容我。』

「你倒有自知之明。」老總反而笑了笑。

我說聲謝謝，便轉身離開。
「其實你是個不錯的人，只是禮媽跟你的差距實在太大，所以……」
『這點我明白。』我回頭說。

「明白就好。」他說，「好好去聽她的演奏會吧。」
『嗯。』
「聽完後寫份報告給我。」
『什麼？』我嚇了一跳。
「開玩笑的。」他又笑了笑。

禮媽的鋼琴演奏會那晚，她穿了套深紅色的禮服，人顯得更明亮。
我忘了她總共彈奏了多少首曲子？
因為我的目光停留在她身上的時間比耳朵聆聽琴聲的時間，要長得多。
我不再聽到禮媽悲傷的聲音，我聽到的是，她用力拍動翅膀的聲音。
禮媽，屬於妳的天空並沒有牢籠，所以用力飛吧。

這晚禮媽在台上彈的很多首曲子，都曾在公司唱給我聽。
每當我聽到熟悉的旋律，總會陷入那個一分鐘約定的回憶裡。
而以前在公司相處的點滴，也隨著琴聲，在我心裡擴散。
不知道她是不是還喜歡聽故事呢？

禮媽最後彈的曲子，是《海與岩》。

她重新編了曲，以致她彈第一遍時我還聽不太出來。
後來她應聽眾要求，再彈一遍，而且邊彈邊唱，
我才知道那是《海與岩》。

《海與岩》彈完後，禮嫣站在台上接受熱烈的掌聲，並鞠躬回禮。
當她視線轉向我這邊時，我朝她比了個「Ｖ」字型手勢。
她忘情的揮揮手，而且笑得好開心，好像整個人快要跳起來。
我知道禮嫣看到我了。

回家的路上，我不斷想著我跟禮嫣的關係。
剛剛我在台下、她在台上；我比Ｖ、她揮手，看起來是如此自然。
我突然覺得，我是仰慕禮嫣的。
仰慕仰慕，「仰」這個字說得好。
但需要抬頭的愛慕，終究是一段距離。

大東曾說，我寫的小說很生活；可是禮嫣的生活卻像小說。
原來小說和生活之間，有時是沒有分際的。

珂雪射出悲傷這枝箭後的七個月，大東終於要跟小西結婚。
喜宴那天，我和鷹男坐在一起，沒多久，蛇女便搖搖晃晃走過來。
『怎麼了？』我問她。
「我今天改戴隱形眼鏡，覺得看到的東西都怪怪的。」蛇女說。

「如果妳平時穿褲子，今天改穿裙子，是不是就不會走路？」鷹男說。

「想吵架嗎？」蛇女說。

「來啊。」鷹男說。

『這是喜宴場所。』我說完後，他們就閉嘴了。

『你們的劇本都寫完了吧？』我問。

他們都點點頭，鷹男還說：「已經送給製作單位審核了。」

「說到這個，我想起昨晚的夢。」蛇女說，「昨晚我夢到野島伸司說他是
　日本第一的劇作家，但只能算是亞洲第二。」

『那誰是亞洲第一？』我問。

「野島對我說：就是妳！」蛇女回答。

鷹男聽完後，在旁邊笑得不支倒地。

「不服氣嗎？」蛇女瞪了他一眼。

「如果夢境會成真，那宮澤理惠就不是處女了。」鷹男說。

『什麼意思？』我問。

「我常夢到跟宮澤理惠在床上纏綿，如果這也算數的話，那宮澤理惠還能
　是處女嗎？」鷹男邊說邊笑。

「可惡！」蛇女站起身，大聲說：「我一定要教訓你！」

「誰怕誰！」鷹男也大聲說。

『這是喜宴場所。』我雙手分別拉住兩人，拉了幾次，他們才閉嘴。

還好喜宴現場始終是鬧烘烘的，鷹蛇之間的鬥嘴不至於太顯眼。

上了第二道菜時，新郎新娘開始在台上說話，現場稍微安靜下來。

大東說得很體面，不外乎就是感謝一大堆人之類的廢話。

大東說完後，把麥克風拿給小西，她搖手推辭，最後才接下麥克風說：

「嫁給大東，即使到北極，賣冰箱，我也心甘情願。」

小西說完後，現場所有人手中的筷子，幾乎都掉了下來。

鷹男和蛇女的筷子也掉在桌上，但我手中的筷子還拿得好好的。

「你聽得懂？」蛇女問我。

『嗯。』我點點頭，『在北極，誰還買冰箱？所以賣冰箱的人生活一定很
　困苦。即使這麼困苦，她也心甘情願，真是堅毅的女人啊。』

「佩服佩服。」鷹男說，「我只知道北極很冷、冰箱也冷，所以她這段話
　實在冷到不行。」

「我也覺得好冷。」蛇女說。

我看了看他們，知道自己終於不再覺得小西的話很深奧了。

覺得小西的話不再深奧之後的兩個禮拜，我搬離了大東的家。

把空間讓給這對新婚夫婦後，我獨自在外租屋。

珂雪射出悲傷這枝箭後的八個月，是我第一次看見珂雪的季節。

但我已經很久沒去那家咖啡館了。

自從不去那家咖啡館後，我上下班都得繞路走；

搬到新住處後，便不必再繞路了。

我相信花蓮那位石雕師的話，珂雪一定會回來，也一定會帶幅畫回來。

我只是等著。

老闆在咖啡館內等，我在我的生活以及小說中等。

已經是落葉的季節了，我走在路上，常把葉子踩得沙沙作響。

今天到公司上班，一坐下來，便發覺左腳的鞋底黏了片落葉。

彎下腰，把葉子撕下，又看見落葉背面沾著黃黃的東西。

我轉了一下小腿，低頭看著鞋底，原來我踩到了狗屎。

我迅速從椅子上彈起，鞋底不斷摩擦地面，想把狗屎抹掉。

「你在跳踢踏舞嗎？」老總剛好經過，說了一句。

我動作暫停，他又說：「跳得不錯。」

老總走後，我繼續跳踢踏舞，不，是繼續把鞋底的狗屎抹掉。

把鞋底弄乾淨後，我才知道去年落葉會黏在鞋底的理由，也是狗屎。

沒想到由於狗屎，才會讓珂雪想畫黏在我鞋底的落葉，

也因此而有《亦恕與珂雪》的開頭。

如果《亦恕與珂雪》是部愛情小說，那這部愛情小說的肇因便是狗屎。

難怪常有人說，愛情小說都是狗屎。

我突然很想把《亦恕與珂雪》完成，於是打開電腦，又開始往下寫。

不管上班時要認真工作這個真理，我只知道小說要有結局也是真理。
我很專心寫，連午休時間也沒出去吃飯。
就剩下一點點了，剩下的只是珂雪那幅畫的長相，
還有我要對她說的話而已。

下班時間到了，公司裡的氣氛開始熱烈，有好幾個同事在一起閒聊。
「什麼？你也去了那家咖啡館？」
「是啊，咖啡滿好喝的。不過老闆很酷。」
聽到這裡，我便豎起耳朵。

「最後那幅畫，你取什麼名字？」
「我把它叫：女人與海。」
「太普通了。我取名為：海的女人。」
「那還是一樣普通，聽聽我取的名字：跳海前的最後一瞥。不錯吧？」
「你們取的名字都不好，我把它叫：誰來救救我。」
「你要寶嗎？那怎麼會是圖名呢？叫絕望不是很有文藝氣質嗎？」
「我最有文藝氣質了，我取名為：洶湧中的凝視。」
「太拐彎抹角了，我取的畫名比較直接，就叫：我想跳海。」
「你找死嗎？取這種名字。」
「老闆聽完後，一腳把我踹出咖啡館，我現在屁股還很疼。」
這幾個同事說到這裡便哄堂大笑。

「在咖啡館內辦畫展，確實很特別。」

「那些畫其實都很不錯，看起來很有感覺。」
「我覺得很多圖都是自然揮灑而成，甚至連畫紙也是隨便一張白紙。」
「嗯。就像女人如果漂亮，穿什麼衣服就不是那麼重要了。」
「總之，一面喝咖啡；一面欣賞畫，真是一種享受。」
「不過很多張圖的名字非常奇怪。」
「是啊，如果不是這些圖名，我也不會把那幅畫取名為我想跳海了。」
「說得也是。哪有圖名叫迷糊、尷尬、逞強、嘩啦啦之類的。」
最後這句話是李小姐說的。

我立刻站起身想走過去問清楚，匆忙之間左小腿還撞到桌腳。
顧不得小腿上的疼痛，我問李小姐：『你們說的是哪家咖啡館？』
「捷運站對面那家呀。」
『真的嗎？』
「嗯。」她點點頭，「大概是從上禮拜開始，同事們紛紛跑去這家咖啡館
　喝咖啡。因為聽說咖啡館內掛滿了畫，好像是開畫展。」
『然後呢？』
「結帳時老闆還會拿出一幅畫，讓你命名哦。那幅畫裡面畫了……」

我不等李小姐說完，轉身便跑出辦公室。
出了公司大樓，往右轉，依循著過去習慣的路徑，往咖啡館快步奔跑。
沿路上，秋風不斷拂過臉龐，我感到陣陣涼意。
快到咖啡館時，我放慢腳步，試著讓自己激動的心冷卻。
聽到腳下又沙沙作響，低頭一看，我正踩著滿地的落葉。
不禁想起《亦恕與珂雪》的一開頭：

我踩著一地秋葉，走進咖啡館。

推開咖啡館時，一對男女正在吧台前結帳。

「你覺得這幅畫該叫什麼名字？」老闆問。

「嗯……」男子說，「畫裡的女人似乎在等待，但海是這麼洶湧，幾乎要
　吞沒她，她卻無法離去。所以我覺得圖名可以叫：無助的等待。」

「妳覺得呢？」老闆轉頭問女子。

「我也覺得畫裡的女人在等待。」女子回答，「但即使大海的波濤洶湧，
　她仍然不肯離去，所以圖名應該是：堅持的等待。」

「你們的答案還算可以。」老闆對男子說：「你的咖啡打八折。」

然後轉頭對女子說：「妳的咖啡打六折。」

結完帳後，老闆突然說：「你們兩個不適合的，還是趁早分手吧。」

「你說什麼！」

男子很氣憤，轉過身想找老闆理論，但女子還是硬把他拉出咖啡館。

『你怎麼這樣說話？』我走到吧台前。

「男生把女生的堅持當作無助與軟弱，怎能在一起呢？」老闆說。

『給我看那幅畫吧。』我伸出右手。

「結帳時才能看。」老闆說。

『好，沒問題。』

我馬上點了杯咖啡，然後轉身走到以前常坐的靠牆位置。

「已訂位」的牌子在靠落地窗的第二桌上，但桌旁依舊沒有人。
整間咖啡館內目前只有我和老闆兩個人。
我抬頭看了看四周，到處是珂雪的畫，不管是素描、水彩、油畫，
都隨性地掛著，很像那位石雕師的石雕園風格。
幾乎所有的畫我都看過，不管是珂雪為我而畫的、她畫本裡的、
還是她工作室裡所擺的。

我覺得整個心裡都充滿了珂雪，再多一點點就要氾濫。
老闆才剛把咖啡放在我桌上，我立刻端起來喝光。
沒加糖、沒加奶精，也顧不得燙。
喝完咖啡後，我摀著發燙的嘴，走到吧台前。
『可以給我看那幅畫了吧。』
我的舌頭應該是燙傷了，講話的發音和腔調都很奇怪。

老闆拿出那幅畫，問：「你覺得這幅畫該叫什麼名字？」
這是幅油畫，畫了一個女子的半身，她的臉正朝著我，眼睛睜得好大。
她的背後是一大片海，海浪洶湧，旁邊還有幾顆小岩石。
不用半分鐘，我就感受到這幅畫了。

『這幅畫什麼時候拿來的？』我問。
「上星期。」老闆回答。
『誰拿來的？』

「一個女人拿來的，她還帶了個小女孩。」
『是"她"嗎？』
「不是。」
我知道應該是小莉的媽和小莉。

『你一定知道，這是"她"畫的吧。』我說。
「嗯。」老闆點點頭。
『那你先說。』我說，『這幅畫表達了什麼？』
他看著畫，說：「有洶湧、有澎湃、有思念、有牽掛、有殷切。」
『所以呢？』我問。
「她非常想家，眷戀著家裡的一切。」他說。
『你也很想念她吧？』
「這還用說。」老闆瞪了我一眼。

『你再告訴我，這一大片海，是西部的海？還是東部的海？』我問。
「西部的海。」他說。
『為什麼？』
「海浪這麼洶湧，一定是急著想回到岸邊。所以是西部的海。」
『你是不是可以聽到波濤洶湧的聲音？』我又問。
「嗯。」他回答。

『圖畫跟親人或愛人一樣，總是會讓某些人有特別的感覺。』
我笑了笑，『這是她說過的話。』

「我知道。」他說。

『如果讓你選擇，你覺得畫裡的女子，是親人？還是愛人？』

他猶豫了一會，然後說：「是親人。」

『那麼對她的畫來說，你是親人。』我指著自己的鼻子，接著說：

『而我，是愛人。』

「愛人？」老闆抬起頭，看著我。

『這是東部的海啊，這麼濃烈的感情，你沒感受到嗎？』

「我感受到的，是一種渴望。」

『你再看看畫裡女子的眼睛。她眼睛的顏色，跟海的顏色是一樣的，好像
她的眼睛裡已經充滿了海水。』我說。

「是嗎？」他低下頭看著畫，非常專心。

『你難道不會覺得，她正在看她的愛人嗎？』

他沒有回答，依舊低頭看著畫。

『所以說……』我指著畫，『這幅畫的名字，就叫愛人。』

「答對了！」

珂雪突然從吧台下方冒出來，我嚇了一跳。

『妳怎麼會在這裡？』

「我才剛走進來，便遠遠的看到你走過來，就只好躲進吧台了。」

『妳躲了多久？』

「十分鐘吧。」

『不。』我說，『妳躲了八個月。』

「對不起。」她說。

我和珂雪都沉默下來，咖啡館內變得好安靜。

只有從「愛人」這幅畫裡，隱隱傳來浪濤聲。

突然響起「噹噹」聲，我和珂雪才同時醒過來。

轉頭一看，老闆竟然拉開店門，走了出去。

我和珂雪互望了一眼，不知道該說什麼，便同時把目光回到畫上。

過沒多久，又同時抬起頭接觸到對方的視線。

然後便同時笑了起來。

「這幅畫我畫了好幾個月呢。」珂雪終於又開口說話。

『嗯。』我點點頭，『看得出來。』

「喜歡嗎？」

『這幅畫講的不是喜歡，而是愛。』

珂雪有些不好意思，低下頭，又不說話了。

『不過她的眼睛並沒有塗滿顏色喔。』我指著畫裡女子的眼睛，

『好像還留了一點點空白，這是為什麼呢？』

「我把自己鑿得太深了，再多的海水也填不滿。」珂雪笑了笑。

『妳為什麼要鑿空自己呢？』我問。

「我以前把所有的感情，都給了畫，如果不把自己鑿空，怎能裝進對人的
　感情呢？」

『妳果然是把自己鑿得太深了，害我多等了那麼久。』我笑了笑，

『那件石雕作品，也只鑿空左眼，右眼並沒鑿空，不是嗎？』

「你也去過那裡？」珂雪很驚訝。

『嗯。』我又笑了笑，點了點頭。

「我沒想通這點，於是左眼、右眼都鑿空了。」珂雪笑了起來。

『這樣也好，剩下這一點點空白，陽光一照，便熱情燦爛；微風一吹，便
　柔情盪漾。』

「其實眼睛要留一點點空白，還有一個最主要的原因哦。」珂雪說。

『什麼原因？』

「因為她的愛人還沒看到這幅畫，如果她的愛人看到而且也能感受的話，
　那她的眼睛就可以塗滿顏色了。」

『妳現在就可以塗滿了。』我說。

珂雪拿出畫筆，調好了顏料，準備塗滿畫裡女子的眼睛時，我說：

『想知道《亦恕與珂雪》最後的結局嗎？』

「嗯。」珂雪點點頭，放下畫筆。

『最後珂雪會問：為什麼我們會在一起？』

「沒錯，珂雪一定會這樣問。」珂雪說。

『亦恕會回答：因為科學追求真、藝術追求美，而我們兩個人都很善良，

292

　所以結合在一起時，就會達到真善美的完美境界。』
「亦恕會這麼說嗎？」珂雪問。
『是的，我會這麼說。』我說。

珂雪拿起畫筆，沾上顏料，塗滿了畫裡女子的眼睛。

_ The End _

寫在新版《亦恕與珂雪》之後

有次和友人在台北的咖啡館喝咖啡時,發現一個女孩始終專注看著窗外。
她的桌上放了台手提電腦。
偶爾她的視線回到店內,便開始敲打鍵盤。
友人說她一定是來咖啡館寫作的文字工作者,
凝視窗外是讓心裡平靜好追逐文字。
但我卻說她應該只是注意是否有警察經過她違規停放的車子。

「何以見得是違規停放?」友人問。
「台北路邊停車收費貴,如果她開車來喝咖啡,稿費扣掉咖啡錢和停車費
便所剩無幾,只好違規停車了。」我說。
「也許她家就在附近、也許她在附近上班、也許她搭車來……」
友人突然很激動,「為什麼她非得是開車來而且要違規停車呢?」

「你先別激動，你說的都有可能，而且可能性最高。」我說，
「但身為一個寫作者必須要找出可能性最小卻又不違背邏輯的東西，這樣
　才會得到出人意料之外的恍然大悟。」
過了一會，友人說：「你還是回到水利工程吧，寫作把你帶壞了。」

其實我倒不是真覺得那個女孩正注視違規停放的車子，
我只是不想和友人有相同的答案而已。
換言之，我只是單純想抬槓。
而那次抬槓，正是《亦恕與珂雪》的源頭。

2004年5月出版的《亦恕與珂雪》約12萬字，今年要再版時，
我花了一星期重看一遍，刪了9千字。
沒做任何情節上的變動，只刪去我認為多餘的敘述與文字。
原以為人老了會變囉唆，沒想到我的話卻變少了。
不過刪去了9千字讓小說的節奏變得較好，可讀性也提高。

我很少「回顧」自己的作品，以致於當別人問到某段文字是什麼意思時，
我常會很驚訝地反問：「這是我寫的嗎？」
有時候那些文字非常棒，我會不小心露出閃亮的眼神說：
「天啊！這怎麼可能？我怎麼可能這麼厲害？」

在我已完成的作品中，《亦恕與珂雪》的回顧是很少中的最少。

亦恕與珂雪

印象中寫完後，就沒再看過了。

這次因為有了再版這個偉大的理由，我才又重新讀了一遍。

在閱讀過程中，常覺得驚喜。讀到後來，我甚至覺得自己很厲害。

不好意思，請原諒我說話就是這麼直。

因為做人要實話實說是真理，身為寫作者該謙虛是美德。

我是學科學的人，當真理與美德發生衝突時，總是站在真理這一邊。

有人說這部小說有點後設小說的味道；

也有人說這不像小說，倒像是網路小說的寫作教科書。

這都不是我的意圖（事實上我寫作的意圖非常小）。

但我很高興能聽到不同的聲音。

眾所周知，我非科班出身，也不具深厚閱讀素養，

更不是如電影《功夫》中所描述的周星馳，乃萬中無一的天生武學奇才。

因此要把小說寫好，只有一個簡單的原則：

把故事說好。

但《亦恕與珂雪》卻是一部不以「故事」為本的小說。

《亦恕與珂雪》共分12章，每章的標題就是一幅圖畫的名字。

對我而言，最難的就是標題的名字，因為它不僅是標題，還得是圖畫，
而且要與小說內容相關。

撇開故事性強不強的問題，在《亦恕與珂雪》中，我其實很放縱文字。
我也大量使用比喻，比喻的說法非常任性。

總之，當我把它完成後，便知道自己不會再有類似的經驗了。
對我而言，它是一種寫作過程的自我省思，我必須完成它，
才對得起寫作這件事。

對了，關於藝術這件事，我其實是不懂的。
但我相信，當你上繪畫課時，老師把一盤水果放在講桌上讓你畫，
你並非得完整呈現那盤放在講桌上的水果才是藝術。

如果你畫的是盤子，或是水果，或是講桌，或是流經水果上的光線，
甚至是輕輕穿進教室內的空氣與散在周圍的聲音，
那都是藝術。

也都是作品本身。

蔡智恆

2007 年 8 月 於台南

國家圖書館出版品預行編目資料

亦恕與珂雪／蔡智恆-- 二版. -- 臺北市：麥田出版：
家庭傳媒城邦分公司發行,2007. 10
　　面；　　公分. --（痞子蔡作品；6）

　　ISBN 978-986-173-305-0(平裝)

857.7　　　　　　　　　　　　　96018041

痞子蔡作品06

亦恕與珂雪

作　　　者　　蔡智恆
封 面 設 計　　Miki Wang
內 頁 設 計　　黃國昇
副 總 編 輯　　林秀梅
總 經 理　　陳蕙慧
發 行 人　　涂玉雲
出　　　版　　麥田出版
　　　　　　　城邦文化事業股份有限公司
　　　　　　　100台北市中正區信義路二段213號11樓
　　　　　　　電話：(886)2-23560933 傳真：(886)2-23516320; 23519179
發　　　行　　英屬蓋曼群島商家庭傳媒股份有限公司城邦分公司
　　　　　　　104台北市中山區民生東路二段141號2樓
　　　　　　　網址：www.cite.com.tw
　　　　　　　客服服務專線：(886)2-25007718；25007719
　　　　　　　24小時傳真專線：(886)2-25001990；25001991
　　　　　　　服務時間：週一至週五上午09:00~12:00；下午13:00~17:00
　　　　　　　劃撥帳號：19863813；戶名：書虫股份有限公司
　　　　　　　讀者服務信箱：service@readingclub.com.tw
　　　　　　　城邦讀書花園 http://www.cite.com.tw
　　　　　　　麥田部落格 http://blog.yam.com/rye_field
香港發行所　　城邦(香港)出版集團有限公司
　　　　　　　香港灣仔軒尼詩道235號3樓
　　　　　　　電話：(852)25086231或25086217 傳真：(852)25789337
馬新發行所　　城邦（馬新）出版集團有限公司
　　　　　　　Cite(M) Sdn. Bhd.(458372U)
　　　　　　　11,Jalan 30D/146, Desa Tasik, Sungai Besi,
　　　　　　　57000 Kuala Lumpur, Malaysia.
　　　　　　　電話：603-90563833 傳真：603-90562833
　　　　　　　E-mail:citekl@cite.com.tw
印　　　刷　　宏玖國際有限公司
初 版 一 刷　　2004年5月1日
二 版 一 刷　　2007年10月
售價：220元
ISBN 978-986-173-305-0